KB170907

무신전기 4권

초판1쇄 펴냄 | 2018년 03월 21일

지은이 | 새벽검
발행인 | 성열관

펴낸곳 | 어울림 출판사
출판등록 / 2009년 1월 23일 제313-2009-12호
주소 / 경기도 고양시 일산동구 장항동 731 동하넥서스빌딩 307호
TEL / 031-919-0122
FAX / 031-919-0127
E-mail / 5ullim@hanmail.net

값 8,000원

ISBN 978-89-992-4679-1 (04810)
ISBN 978-89-992-4655-5 (SET)

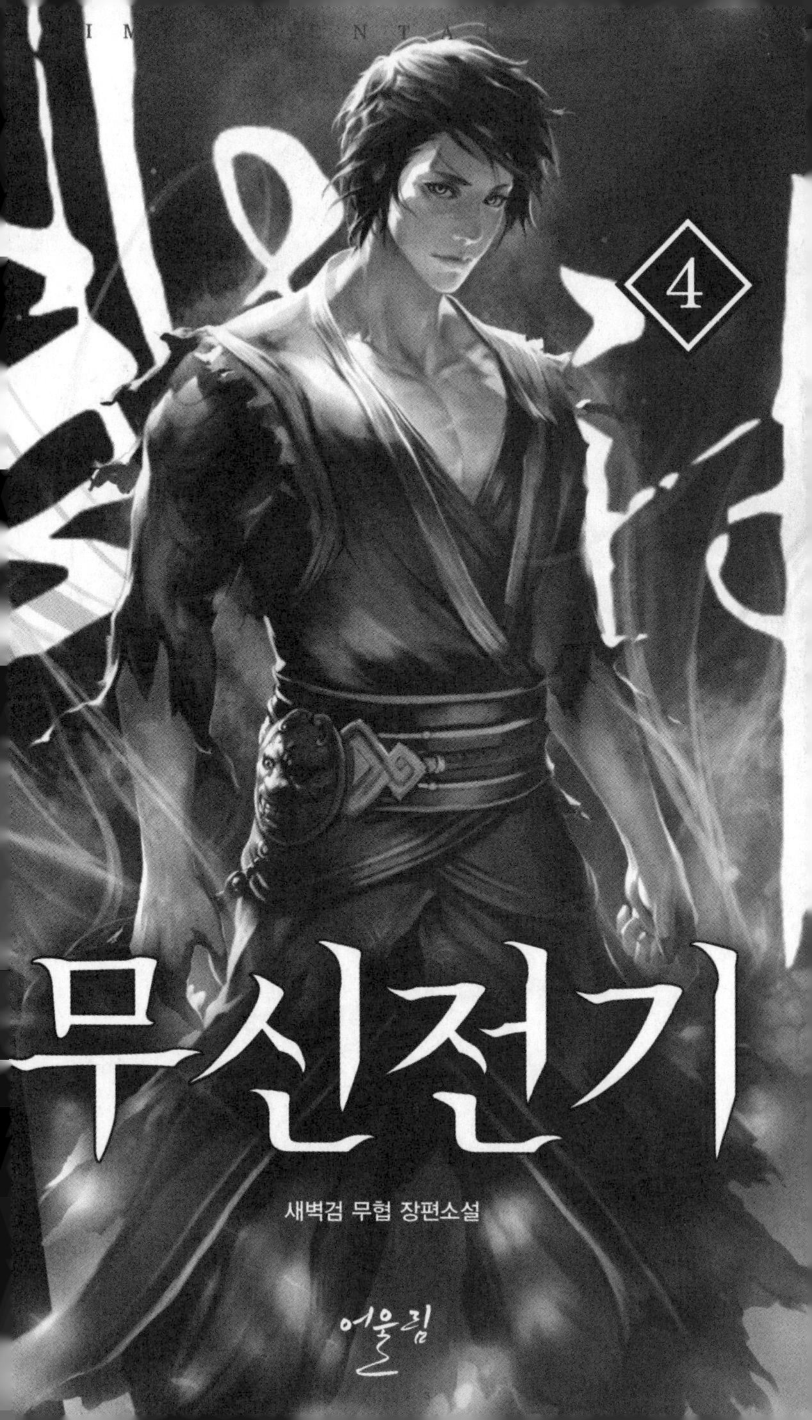
4
무신전기
새벽검 무협 장편소설
어울림

목차

상계(上計)

"운현."

별채의 문을 열고 등장한 사내. 하북팽가를 떠날 채비를 하던 운현은 짐을 싸던 손길을 멈추고 별안간 모습을 드러낸 사내를 향해 입을 열었다.

"무연?"

어느새 용천단원복으로 갈아입은 무연이 운현에게 다가가 말했다.

"양소걸에게 부탁할게 있어."

"양형에게? 무엇을?"

"중앙표국."

"중앙표국?"

무연이 고개를 끄덕이며 운현에게 다가가 어깨에 손을 올렸다.

"사혈문이 멸문한 후 하북팽가에 상자를 조달하던 곳이야. 중앙표국과 혈교과 관계가 있든지 아니면, 그냥 표국으로써의 일을 한 것인지는 알아봐야 할 테지만 어떻게든 연관이 있겠지."

"하긴, 어쨌든 중앙표국에서 하북팽가에 상자를 조달한 것은 사실이니까."

힘차게 고개를 끄덕인 운현이 무연을 향해 말했다.

"알겠어. 양형에게 부탁해서 알아보도록 할게. 그리고 이번 일 역시……."

"그래. 비밀스럽게 진행되어야 해. 누구도 알아선 안 돼."

"알았어. 노력해볼게."

말을 마친 무연이 주변을 둘러보았다.

운현이 있는 방에는 남궁청과 화설중도 함께였다. 무연의 등장과 함께 옆방에 있던 모용현과 화설도 운현의 방으로 넘어왔다. 다섯명의 무인들이 무연을 바라보고 있었다.

무연이 처음 잠에서 깨어나 하려에서 만난 후기지수 다섯명. 그들을 쭈욱 둘러보던 무연이 작게 숨을 내쉰 뒤 말했다.

"상황이 어떻게 돌아가고 있는지는 너희도 이제 대충은 알겠지?"

운현을 제외한 네 명의 무인이 말없이 고개를 끄덕였다.

그들은 바보가 아니었다. 하북팽가에서 겪은 일들과 운현이 해주었던 이야기들을 통해 그들 역시 중원 무림에서 심상치 않은 일들이 일어나고 있음을 알게 되었다.

"운현에게 했던 말이지만…지금부터 우리가 상대해야 하는 적들이 누군지, 규모는 어느 정도인지 알 수 없다. 이번 싸움처럼 같은 정파의 무인들과 검을 섞어야 할 날이 올지도 몰라. 그게 너희들의 사문이 될 수도 있지."

평소였다면, 아니, 일주일 전이었다면, 무연의 말을 듣고 고개를 저었을 것이다.

무인에게 가족만큼이나 소중한 것이 바로 자신의 사문이었다.

그러나 운현도, 남궁청도, 화설중과 화설 그리고 그들의 옆에 있는 모용현도 중원의 평화를 위해 자신의 사문을 의심해야 하는 날이 올 수도 있음을 어렴풋이 느끼고 있었다.

단지 그런 날이 오지 않기만을 바랄 뿐.

"그럼, 부탁한다."

믿음이 담긴 무연의 말에 운현이 고개를 끄덕이며 말했다.

"알았어. 그리고 빠르게 움직여야지. 중앙표국도 멍청하게 이번 사건을 손 놓고 방관하고 있지만은 않을 거야. 그들도 어떻게든 이번 사건과 연루되어 있을 테니까."

빠르게 이어지는 운현의 말에 무연이 말없이 고개를 끄덕이며 신형을 돌려 별채를 빠져나갔다.

＊　＊　＊

"중앙표국으로 간다."

한소진에게 다가온 무연이 말했다.

돌발 발언에 한소진이 의아하여 그를 바라보며 물었다.

"당장? 중앙표국의 정보를 알아내기 위해 운현에게 간다고 한거 아니었나?"

빠르게 걸어가는 무연을 향해 한소진이 빠른 걸음으로 뒤쫓았다.

무연의 키가 워낙 크고, 다리도 길었기 때문에 두세 번 다리를 휘적거리기만 해도 쭉쭉 뻗어나갔다.

한소진 역시 작은 키는 아니었다. 여인으로 치면 꽤 큰 키였는데, 무연을 따라가려면 그보다 반보는 빨리 걸어야 했다. 때문에 급히 다리를 놀려 쫓았다.

"중앙표국은 바보가 아니야. 이번 사건으로 맹에서 조사가 들어올 거란 걸 그들도 알고 있어. 그렇다면 그들이 취할 수 있는 수는 두가지 정도로 볼 수 있겠지."

"증거를 인멸하거나……."

"그저 의뢰받은 일을 했다고 할 테지. 어느 쪽이든 중앙표국에 시간을 줄수록 불리한 건 우리야. 우린 하북팽가의 멸문을 막아야 하고, 시간이 없어."

빠르게 걸어 도착한 곳은 도원과 용천단원이 모여 있는 건물이었다. 도착하기가 무섭게 도원에게 다가간 무연이 말했다.

"단주님."

"그래. 무슨 일이냐?"

무서울 정도로 빠르게 다가온 무연을 보며 물었다. 무연이 용천단원을 둘러보며 말했다.

"하북팽가 외곽 창고에서 팽영준을 도왔던 무인들을 데리고 맹으로 돌아가 용천단의 감찰결과를 발표해주십시오."

"어떤 결과를 말이냐?"

"팽우영과 몇 장로들이 벌인 음모이며, 실제로는 하북팽가에서 강시를 만들 순 없다는 사실을 밝혀주십시오. 아마, 제갈군사님의 도움이 필요할 겁니다."

묘한 표정으로 말해오는 무연의 말에 도원이 고개를 끄덕였다.

"그래. 너는 다른걸 할 셈이냐?"

도원의 물음에 무연이 고개를 끄덕이며 한소진을 한번 보았다. 다시 도원을 향해 고개를 돌리며 말했다.

"한소진과 저는 중앙표국으로 갈 생각입니다."

"중앙표국?"

"네. 하북팽가의 멸문을 막기 위해서는 팽영준을 도운 이들을 밝혀야 합니다. 단순히 장로 몇 명이서 도왔다고 하기엔 규모가 너무 큽니다. 그들의 뒷배경을 밝혀야 하북 팽가가 살 수 있습니다."

"알겠다. 기한은?"

도원의 허락이 떨어지자 무연이 신형을 돌리며 말했다.

"보름."

보름이란 말만을 남긴 무연이 귀신처럼 도원과 용천단원 들 앞에서 사라졌다.

이에 한소진이 급히 그를 쫓았다.

"또 한 소저랑 가시네."

"역시……!"

장현과 장혁이 팔짱을 끼고 눈매를 좁힌 채 사라진 무연 과 한소진이 머물던 자리를 응시하며 고개를 끄덕였다.

"우리도 쉴 시간이 없다. 움직이자."

"예!"

도원과 용천단원들의 신형이 바삐 움직였다.

* * *

하북팽가를 빠져나온 무연의 신형이 빠르게 움직였다.

그를 빠르게 뒤쫓던 한소진이 급히 입을 열었다.

"이럴 거면 운현에게 왜 중앙표국의 정보를 요청한 거야?"

"개방."

"개방?"

무연은 고개를 돌리지 않고 빠르게 앞으로 나아가며 입을 열었다.

"양소걸이 제아무리 비밀스럽게 움직인다 해도 그 역시 개방의 손을 빌릴 수밖에 없어. 이번 하북팽가 때에는 양소걸이 믿음직스러운 부하 몇명을 이용해 신호를 보냈지만, 중앙표국을 조사하는데 있어서는 결코 몇명의 부하만으로는 불가능해."

"개방에 혈교의 잔가지가 뻗쳐 있는지 확인하려고… 일부러?"

"그래. 양소걸과 연락할 방법을 취해놨어. 그를 통해서 개방의 움직임을 살필 거야."

"중앙표국이 개방의 움직임을 알아차리고 미리 움직인다면…….."

굳은 표정의 한소진이 묻자 무연이 고개를 끄덕였다.

"개방 역시 의심해 봐야겠지."

5(五)일 후.

중원에서 가장 활발한 무역지대를 뽑으라 한다면 두 곳을 뽑을 수 있었다. 바로 섬서와 하남이었다.

하지만 상인들이 섬서와 하남보다도 먼저 들리는 곳이 있었다. 바로 산서였다.

산서에는 중원에서도 알아주는 삼대 상단인 비랑상단, 중원상단, 사천상단 중에서도 중원상단이 위치해 있었다.

주변으로는 삼대 상단과 함께 오대 표국으로 불리는 중앙표국, 비류표국, 운남표국, 청하표국, 주림표국 중에서도 중앙표국과 운남표국이 위치한 곳이었다.

보통의 거대 상단과 표국들은 한곳에 모여 있기 힘들었다. 그것은 거대 상단끼리의 경쟁과 세력 확장에 방해가 되기 때문이다.

그럼에도 산서에만 중앙표국과 운남표국, 삼대표국 중 두 곳이나 존재하는 이유는 중원상단이 산서에 있었기 때문이다.

같은 삼대 상단에 이름을 올리고 있는 비랑상단과 사천상단이 있었지만, 그들의 규모나 세력의 크기는 중원상단에 비할 바가 아니었다.

몇몇 상인들에 의하면 비랑상단과 사천상단의 규모를 합쳐야만 중원상단과 비슷할 것이라는 말이 나올 정도였다.

그러니 표국은 앞다투어 중원상단과 계약하길 원했다. 중원상단을 두고 운남표국과 중앙표국이 산서에서 대립하게 되었다.

"중앙표국에서 또 한번 중원상단과의 계약을 따냈다고 하는군?"

"제길! 이러다간 정말로 산서에서 철수해야 할지도 모르겠는걸?"

운남표국에 소속된 표사들의 표정은 좋지 않았다.

그도 그럴 것이 최근 들어 중앙표국의 세가 점점 불어났다. 운남표국이 표행에 번번이 실패하여 신뢰를 잃는 바람에 중원상단은 점차 표행 의뢰의 대부분을 중앙표국에 맡기기 시작했다.

때문에 경쟁 표국인 중앙표국과의 피 튀기는 경쟁이 발생했다. 중원상단과의 거래에서 운남표국은 피를 토해내는 심정으로 표행 의뢰비의 절반 가격으로 의뢰를 받아왔다.

물론 운남표국은 장래성과 더불어 중원상단의 의뢰 규모가 상당했기 때문에 출혈을 감내하면서 중원상단의 의뢰를 맡았던 것이다. 요즘 들어 더욱 극성맞아진 산적채의 횡포에 운남표국은 번번이 표행에 실패하였다.

표행의 실패는 곧 표국의 신뢰도 하락으로 이어졌다. 자연스레 운남표국을 이용하는 이들의 수도 점점 줄었다.

바로 옆에 의뢰를 단 한번도 실패한 적이 없는 중앙표국이 있는데 굳이 운남표국을 이용할 이유가 없었기 때문이다.

"듣기로는 중앙표국에 솜씨 좋은 보표들이 여럿 있다는군."

"아, 그 무림인이라는 보표들 말인가?"

"그래. 그들의 실력이 너무도 뛰어나서 산적채든, 수적채든 중앙표국의 표국기만 보면 오줌을 지리고 도망을 간다더군."

"어허… 정녕 하늘이 운남표국을 버리는 건가."

나이든 표사들의 한탄 어린 목소리가 허공을 가득 메워갈 때. 걸걸한 목소리 사이로 여인의 목소리가 끼어들었다.

"혹시 운남표국에서 보표 자리를 뽑고 있나요?"

난데없이 들려오는 아리따운 목소리에 표사들이 눈을 동그랗게 뜨고 그들의 앞에 서 있는 여인을 바라봤다.

여인의 옆에는 키가 큰 검은 무복의 사내가 있었다. 앞머리를 길게 내려 얼굴의 반을 가리고 뒷머리는 허리까지 내려올 정도로 길었다.

"뽀… 뽑고는 있습니다만 어쩐 일로?"

"저와 여기 있는 무명은 일자리를 찾고 있습니다. 저희 둘다 검을 좀 쓸줄 아니, 보표 자리가 괜찮을 듯싶어 이리 찾아온 것입니다."

"뭐, 실력만 있다면야 상관없지만……."

눈을 가늘게 뜬 늙은 표사가 여인을 위아래로 훑어보았다.

허리에는 검을 차고 있었고, 옆의 사내와 같이 검은 무복을 입고 있었다.

단발머리의 사나운 인상이었지만, 뚜렷한 이목구비와

시원하게 뻗음과 동시에 커다란 눈과 날카로운 턱선이 조화롭게 이루어져 있어 전체적으로 시원스러운 외모의 아름다운 미인이었다.

"실력이 있는지는 뭐… 보표장이 정할 문제니 일단 표국으로 가보도록 하죠."

늙은 표사는 여인과 사내를 데리고 표국으로 들어섰다.

일이 없는 표국의 모습은 황량하기 그지없었다.

전각은 수리를 못했는지 낡아 있었다. 표사들과 표국 사람들의 눈에서는 희망을 찾아볼 수가 없었다.

"뭐, 자네들도 소문으로 들었을지도 모르지만, 중앙표국 때문에 지금 표국의 상황이 좋지가 않네."

"알고 있습니다."

"자네들은?"

늙은 표사가 데리고 온 여인과 사내를 향해 회색 무복을 걸친 건장한 체격의 중년 남성이 말을 건넸다.

그를 발견한 늙은 표사가 급히 고개를 조아리며 말했다.

"아 보표장님. 이들은 이번에 새로 운남표국의 보표를 지원한 이들입니다."

보표를 지원한 이들이란 걸 듣는 순간 중년 남성의 표정이 미묘하게 뒤틀렸다. 그러고는 작은 한숨과 함께 못마땅한 표정으로 여인과 사내를 번갈아 보았다.

"일단 따라오게."

보표장이란 남자는 사내와 여인을 데리고 운남표국 외곽

에 위치한 넓은 공터를 향해 걸었다.

공터에 도착한 남자는 사내와 여인을 보며 여전히 못마땅한 표정을 유지한 채 입을 열었다.

"흠……."

"보표장님은 저희가 마음에 들지 않으신 것 같군요?"

여인의 말에 보표장이 표정을 바꾸며 고개를 저었다.

"아, 미안하네. 중앙표국의 위세가 점점 커지면서 운남표국에 지원하는 보표의 수가 상당히 줄었네. 그렇다보니 자연스레 지원하는 이들의 실력도 점점 낮아졌지. 이번 주에만 열다섯명이 지원했지만 그들 모두……."

"떨어졌군요."

"맞아, 단 한명도 합격하지 못했네. 그러니 자네들은……."

"우상 보표장님!"

들려오는 앳된 목소리에 우상이라 불린 보표장이 고개를 돌렸다.

여인과 사내 역시 우상과 같은 곳으로 고개를 돌렸다. 한 열일곱살 정도 되어 보이는 소녀가 급히 달려왔다.

"하아… 하아! 아버지. 아니… 표국주님의 부름이에요! 급하신 것 같아요!"

"그래. 그 전에 이들을……."

"제가 모실게요."

"고맙다."

우상이 급히 건물 안으로 들어갔다. 남겨진 여인과 사내를 보며 소녀가 고개를 숙이며 말했다.

"안녕하세요. 새로 보표 지원을 하신 무사 분들이신가요?"

"네."

여인의 고운 목소리에 소녀가 미소지으며 말했다.

"저는 운남표국의 표국주이신 운양원님의 딸 운유린입니다."

"저는 하명, 이쪽은 무명입니다."

"아, 하명과 무명님이시군요. 이쪽으로 오세요. 원래 보표는 우상님의 시험을 통과해야 하는데 상황이 상황이니만큼……."

"알겠어요."

"네. 이쪽으로!"

운유린을 따라 보표실에 도착한 무명이 주변을 둘러보았다. 하명은 여자였기 때문에 다른 건물을 사용했다. 운남표국의 보표들은 대부분이 남자였다.

아니, 하명을 제외한 모든 보표가 남자였다. 보표실에서 멀뚱히 선 무명은 주변에 술에 찌들어 널브러져 있는 보표들을 바라봤다.

"수… 술을 가져…와."

널브러져 술을 찾는 보표들에게선 의욕을 찾아볼 수 없었다.

이들을 무심하게 바라보던 무명이 고개를 저었다.

"엉망이군."

"으아아… 수울……."

* * *

"중원상단이… 저희에게 의뢰를 맡겼단 말씀이십니까?"

우상이 놀라 눈을 동그랗게 뜨고 물었다. 운양원이 고개를 끄덕이며 말했다.

"그러네. 무려 열다섯 수레가 넘는 물량이야. 선수금으로 은자 오백냥을 준다더군."

"으, 은자 오백냥……!"

은자 오백냥이란 말에 우상의 눈이 더할 나위 없이 커졌다.

은자 열냥이면 네명의 가족이 일년간 먹고사는데 지장이 없는 돈이었다.

그런데 은자 오백냥이라니. 의뢰비로 한다고 해도 엄청난 돈이었는데, 선수금만으로 은자 오백냥이라면 의뢰비는 천냥이 넘을 수도 있었다.

하지만 놀라움과 기쁨도 잠시 우상이 고개를 저었다.

"아쉽지만 받을 수 없습니다."

"그게 무슨 소리인가, 보표장?"

"표국주님도 알고 계시지 않습니까? 저희 표국의 상태를! 현재 저희는 산적채로부터 표국의 상단물을 지킬 힘이 없습니다. 보표의 숫자도 부족할뿐더러 수준도 너무 떨어져 있습니다. 실력 있는 보표들은 모두 중앙표국으로 넘어간지 오래인 데다가… 이렇게 많은 수의 물량을 잃기라도 한다면…….."

우상의 말에 표국주인 운양원도 침울한 표정을 지었다.

"정녕 방법이 없는 겐가?"

"열다섯 수레. 한 수레에 보통 네명의 보표가 붙습니다. 그게 아니더라도 최소 세명은 붙어야 하죠. 열다섯 수레면 최소로 쳐도 총 사십오명의 보표가 필요하고, 선두와 후미에는 저와 비슷한 수준의 무인들이 붙어야 합니다. 그런데 현재 저희는 사십삼명의 보표가 있습니다. 최소로도 인원을 맞출 수 없습니다."

"하……."

운양원이 양손으로 머리를 감싸쥐었다.

중앙표국으로부터의 압박이 점점 거세지고 있었다.

이미 산서 지방 대부분의 표행 의뢰는 중앙표국의 것이 된지 오래였다. 운남표국은 자잘한 의뢰만을 받아 근근이 삶을 연장해나가고 있었다.

하지만 그것도 이제 얼마 가지 못할 것이다.

이미 보표들의 수당이 많이 밀려 있었다. 과거에 운 좋게 얻어둔 술을 빌미로 겨우 보표들을 붙잡아두고 있는 실정이었다.

"마지막… 마지막일세, 보표장… 우리에겐 어쩌면 마지막 의뢰일지도 몰라."

"그럴지도 모르죠. 하지만 실패할 시엔 엄청난 빚을 떠안아야 합니다. 보표의 최소 인원도 맞출 수 없지 않습니까?"

"저, 이번에 들어오신 두분까지 하면 사십오명이 되지 않나요?"

운양원과 우상을 위해 차를 내온 운유린이, 두사람의 말을 잠자코 듣고 있다가 조용히 말했다. 그녀의 말을 들은 운양원이 고개를 들어 우상을 바라봤다.

"그게 정말인가?"

"그, 그게 두명의 보표 지원자가 왔습니다. 젊은 사내와 여인이었는데, 겉으로 봤을 땐 무인인 것 같았지만 수준은 알지 못합니다."

"어쨌든 수가 맞춰진 것 아닌가?"

"겨우 수를 맞췄을 뿐입니다. 수준을 맞춘게 아닙니다! 과거 운남표국이 대표국으로서 위세를 펼칠 때에도 유명한 무인들을 보표로 맞이했습니다. 헌데 그들은 어찌되었습니까? 한낱 산적채에 의해 목숨을 잃지 않았습니까?"

격앙된 우상의 말에 운양원의 표정이 굳어졌다.

그의 말대로 과거 중앙표국과의 경쟁에서 우위를 점하기 위해 그리고 상단물의 안전을 위해 유명한 중원의 무인들

을 보표로 맞이했다. 물론 엄청난 돈을 얹어주고서.

하지만 그들은 몇 번의 표행을 거치고는 산적의 손에 의해 최후를 맞이했다.

유명 무인이란 말에 막대한 자금을 쏟았지만 그들은 제역할을 하지 못하고 번번이 산적의 손에 불귀의 객이 되어버렸다. 운남표국은 상단물도 잃고 의뢰도 실패했다. 유명 무인이라는 자들에게 쓴 돈도 허공에 날려버렸다.

이를 잘 알고 있는 보표장인 우상이 고개를 저었다.

"받을 수 없는 의뢰입니다. 다시 생각해보십시오. 표국주님."

"아니, 받아야 하네. 보표장."

"하지만!"

"하지만은 없어! 이번이 마지막일세! 중원상단에서 우리에게 준 마지막 의뢰일세. 마지막 기회란 말이야. 우상! 이번 의뢰도 우리가 받지 못한다면 운남표국은 영원히 회생할 수 없을 걸세. 최소 인원이 갖춰졌다고 했지? 준비하게. 우상……."

"진심이십니까?"

떨리는 목소리로 물어오는 우상의 말에 운양원이 고개를 끄덕이며 말했다.

"진심이네. 우상……."

자리에 일어선 운양원이 두손을 탁자에 올리고 고개를 숙인 뒤 큰 한숨을 내쉬었다. 그리고 고개를 들어 운유린과 우상을 번갈아보며 미소지었다.

"우리의 마지막 표행을 시작하지."

"모두 일어나! 표행을 준비하라!"

보표실의 문을 박차고 들어온 우상이 우렁차게 외쳤다. 술에 취해 널브러져 있던 보표들이 정신을 차리고 하나둘씩 신형을 일으켜 세웠다.

"표, 표행이요?"

그중에서도 나이가 조금 있는 듯한 보표가 자리에 일어서서 의아한 표정으로 물었다. 우상이 고개를 끄덕였다.

"그래. 중원상단에서 의뢰가 들어왔다. 열다섯 수레 분량의 의뢰야."

"여, 여, 열다섯이요?!"

열다섯 수레라는 말에 놀란 보표가 목소리를 떨었다. 우상이 아직 못 일어난 보표들을 억지로 일으켜 세우며 말했다.

"그래. 전부 설명할 테니 일단 정신차리고 모이도록 해!"

"예!"

술에 취해 있어도 그들 모두가 운남표국에서 꽤 오랫동안 보표 일을 해온 무사들이었다.

보표들이 일사불란하게 보표실에서 빠져나와 표국 앞 넓은 공터로 모여들었다.

"흠… 보표 일을 하고 싶다고 했지? 너도 따라오도록

해."

보표실에서 무표정으로 서 있던 무명을 보며 우상이 손
짓했다. 그의 손짓에 무명이 고개를 끄덕이며 보표실을 빠
져나왔다.

무명보다 먼저 나왔는지 하명이 보표들 사이에서 기다리
고 있었다. 하명을 발견한 무명이 다가갔다.

"어때?"

하명의 물음에 무명이 다가와 말했다.

"보표들의 수준은 기껏해야 삼류에서 이류수준의 무인
이야. 우상이라는 보표장의 수준은 일류를 조금 넘보는 것
같은데 그래봤자 혼자."

"들어보니 중원상단에서 열다섯 수레분량의 상단물과
선수금으로 은자 오백냥을 지급한다던데. 뭘 믿고 그렇게
투자하는 거지?"

하명은 이해가 되지 않았다.

중원상단은 이윤 추구를 최우선으로 하는 조직이었다.
그러니 절대 손해 보는 장사를 할 리가 없었다.

은자 오백냥. 의뢰비 전체를 포함하면 은자 천냥에 달하
는 금액의 상단물을 중앙표국이 아닌 운남표국에 맡길 이
유가 없었다.

"글쎄. 지켜보면 알겠지."

앞머리로 가려져 제대로 보이지 않는 무명의 깊은 눈동
자가 운남표국을 천천히 둘러보았다.

*　*　*

운남표국의 모든 표사와 보표들을 모아 중원상단의 의뢰에 대해 운양원이 간략히 설명하고 난 뒤 반나절이 지났다. 하늘에 떠 있던 태양은 저물었고, 달이 떠올라 그 자리를 대신했다. 숙소가 다른 하명이 무명과 이야기를 나누기 위해 건물에서 빠져나왔다.

그녀가 사용하는 숙소는 운남표국의 여인들, 표국주의 아내와 딸, 보표장인 우상의 아내 그리고 운남표국의 식사를 담당하는 주방인력들, 청소나 기타 운남표국을 위해 일을 하는 여인들을 위해 준비된 건물이었다.

조심히 건물을 빠져나오던 하명은 작은 초를 들고 밖으로 나가는 운유린을 발견하고 조용히 따라갔다.

운유린은 운남표국 외곽에 위치한 커다란 나무를 향해 갔다. 그곳에 도착한 운유린은 커다란 나무 아래 작은 탁자 앞에 앉았다.

탁자 위에는 깨끗한 물이 들어 있는 그릇이 있었다. 운유린은 그릇의 옆에 초를 살며시 내려놓았다.

"제발… 저희 운남표국의 마지막 표행에 안전과 축복을 내려주세요."

작은 목소리로 기도하는 운유린의 모습을 멀리서 지켜보던 하명이 그녀의 곁으로 조심히 다가갔다. 그녀와 같은

모양새로 두손을 모아 고개를 숙였다.

갑작스럽게 등장한 하명의 모습에 놀란 운유린은 그녀가 기도를 올리자 옅은 미소를 지으며 두손을 모아 고개를 숙였다.

"고마워요."

"저도 내일 있을 표행에 함께하기 때문에 기도를 올린 겁니다."

무심한 하명의 말에도 운유린은 미소를 잃지 않았다.

"함께해줘서 고마워요."

맑고 투명한 미소를 지으며 말하는 운유린의 모습에 하명이 작게 미소지었다. 보일 듯 말듯한 미소를 발견한 운유린이 더욱 진한 미소를 지으며 웃었다.

"하 소저는 아름다우시네요."

"당신도요."

하명의 칭찬에 운유린이 손사래 치며 고개를 저었다.

"아니에요. 저는 예쁘지 않은 걸요."

손사래 치며 웃는 운유린은 사실 미인이 아니었다.

못난 얼굴은 아니었지만, 유별나게 예쁜 구석이 있는 미인은 아니었다. 어디서나 볼 수 있는 그야말로 평범한 얼굴의 여인이었다. 하지만 하명은 그런 운유린을 보며 이번엔 확실한 미소를 지으며 말했다.

"아니, 운 소저는 아름다워요."

하명의 의도는 알 수 없었으나, 진심 어린 하명의 칭찬에 운유린은 쑥스러운지 고개를 푹 숙인 채 말했다.

"고, 고마워요."

고개 숙인 운유린의 볼이 붉어졌다.

다음 날 아침 중원상단에서 정확히 열다섯 수레가 도착했다.

원래는 열일곱 수레를 보내려 했으나, 보표의 수가 모자랐던 운양원은 열다섯 수레만 요청했다. 중원상단은 흔쾌히 수락하며 열다섯 수레와 선수금으로 은자 오백냥을 지급했다.

운양원은 은자를 받자마자 보표들의 밀린 임금을 지급했다.

원래는 당일 출발이었으나, 운양원은 보표들에게 그들만의 시간을 주기 위해 출발 날짜를 하루 미뤘다.

하지만 어느 보표도 그들에게 부여된 하루라는 짧은 휴가 동안 술을 마시거나 표국을 떠나는 이들은 없었다.

정확히 다음 날 아침.

운남표국에는 중원상단의 물품을 실은 열다섯 대의 수레와 표국주 운양원과 그의 딸 운유린 그리고 표사와 보표를 포함한 칠십여명의 대 인원이 표국을 빠져나갔다.

"운남표국에서 표국주를 포함한 칠십여명의 인원이 중

원상단의 수레를 끌고 빠져나갔다고 합니다."

"흐음… 운양원."

창가 너머로 보이는 산서의 산기슭을 바라보던 붉은 비단옷을 두른 중년의 남자가 턱에 난 검은 수염을 쓰다듬으며 말했다.

"흐흐… 하하하! 주양걸 너도 참 못된 녀석이야."

* * *

"그래서 서역에는 진귀한 동물들이 많이 있다고 해요. 혹이 달린 말이 있다고도 하고, 입에서 불을 내뿜는 뱀도 있다고 해요."

"정말요?"

수레를 이끌고 가는 표국의 행렬 속 유일한 여자들인 하명과 운유린이 함께 걸어가며 두런두런 이야기를 나누었다. 물론 오가는 이야기속 지분의 대부분은 운유린이 차지하고 있었다. 하명은 들어주는 역할이었다.

"유린아."

"예. 잠시만요."

운양원의 부름에 운유린이 하명의 곁을 떠났다. 그사이 무명이 하명에게 다가왔다.

"언제 그렇게 친해진 거야?"

무명의 물음에 하명이 어깨를 으쓱해보이며 말했다.

"당신이 밤새 뜬눈으로 보표실을 지킬 때. 나는 무탈한 표행을 위해 기도를 올렸거든."

그녀답지 않은 말투에 무명이 옅은 미소를 지으며 말했다.

"사람들과 친해지는 걸 어려워하는 줄 알았는데, 전문가였군."

"필요하다면 친해져야지. 그나저나 알아낸 건 좀 있어?"

하명의 물음에 무명이 고개를 끄덕였다.

"보표들의 말에 의하면 산적채의 수준이 어느 순간 급상승했다고 하더군. 그래서 유명한 중원의 무인들을 고용했는데, 그들도 얼마 못 가 목숨을 잃었다고 해."

"목숨을? 무인을 고용할 때 우상이 방관하고 있었던게 아닐 테니 그들 실력은 입증이 된 것일 텐데?"

"그게 이상한 거지. 이름 있는 무림의 고수들이 산적채의 손에 죽어갈 때 나머지 보표들은 살아남았다?"

묘한 표정의 하명과 무명이 서로를 바라봤다. 뭔가 이상함을 느꼈기 때문이다.

"중앙표국에서 손을 쓴 거겠지. 너는 뭐 알아낸 거 있나?"

무명의 물음에 하명이 멀리 떨어져 있는 운유린을 바라보며 말했다.

"중원상단의 상단주는 주양걸이야. 운남표국의 운양원과는 오랜 벗이라더군."

"한명은 표국주, 한명은 상단주라. 훌륭한 조합이군."

"하지만 어느 날부터 운남표국의 표행이 자꾸 실패했다고 해. 물론 그 배경에는 산적채의 믿기지 않는 성장이 있었지."

"그래서 제아무리 오랜 벗이라 해도 주양걸이 운남표국에 의뢰를 맡길 수가 없었던 거군."

"맞아."

말을 마친 하명이 무명을 바라봤다.

"대충 일이 어떻게 돌아가는지 알겠지?"

하명의 말에 무명이 고개를 끄덕이며 길게 늘어선 수레 행렬을 바라보았다.

"그래. 곧 확실해지겠지."

　　　　　*　　*　　*

하북팽가에서의 일을 모두 마친 용천단은 무림맹에 복귀했다. 그들이 가장 먼저 한 일은 맹주에게 그동안의 일을 보고하는 것이다.

"용천단주 도원, 맹주님을 뵙습니다."

"수고했네. 쉽지 않은 일이었을 텐데……."

"아닙니다. 그게 저희 임무이니까요."

"그나저나 용천단의 부단주는 어디 갔는가? 듣기로는 부단주가 아니었다면 더 큰 비극이 일어났을 것이라던데.”

　“부단주인 무연은 하북팽가 사건의 뒷배경을 조사하기
위해 산서로 향했습니다.”

　도원의 말을 들은 혜정이 고개를 끄덕였다.

　“그렇군. 도원, 단도직입적으로 말하겠네. 내가 어찌하
면 좋겠나?”

　“무엇을 말입니까?”

　도원이 모르겠다는 듯 말하자 혜정이 고개를 저었다.

　“자네도 내 말뜻이 무엇인지 알고 있지 않은가?”

　잠시 침묵을 지키던 도원이 고개를 들어 혜정의 두눈을
똑바로 쳐다보았다.

　“앞으로 일주일입니다.”

　“일주일?”

　“무연 부단주가 약속한 시간입니다. 일주일 내로… 하북
팽가의 사건에 대한 뒷배경을 알아오겠다고 했습니다. 만
약 그가 강시제련과 관련된 진실을 알아온다면 하북팽가
의 멸문을 막을 수 있을 겁니다.”

　잠자코 도원의 말을 듣던 혜정이 조용히 물었다.

　“자네는 그자를 얼마나 믿는가?”

　“그자라면… 무연을 말씀하시는 겁니까?”

　혜정은 답하지 않았다. 하지만 부정도 하지 않았다.

　“현 무림에서 믿을 수 있는 사람을 세명 꼽으라면 저는
망설이지 않고 맹주님과 광암님 그리고 무연을 꼽을 겁니

다."

"내가 알기론 그에 대한 확실한 정보도 존재하지 않고, 이번 일도 그자가 독단으로 움직였다고 하던데 그래도 그를 믿는 건가?"

"제가 그에 대해서 알고 있는 건 단 하나입니다."

"그게 무엇인가?"

"저희와 같은 적을 두고 있다는 것입니다. 제가 만약 적을 두게 된다면 절대 무연과는 적이 되지 않을 겁니다."

의미를 알 수 없는 도원의 말에도 혜정은 구태여 의문을 품고 물어보지 않았다. 그저 도원의 말에 고개를 끄덕일 뿐.

"일주일간, 시간을 끌어주면 되는 것인가?"

혜정의 물음에 도원이 고개를 끄덕였다.

"네."

* * *

"제갈윤."

"오, 광암님이십니까?"

군사실에 기거하던 제갈윤은 광암의 등장에 미소를 띠며 그를 맞이했다. 광암은 자신을 반기는 제갈윤을 보며 서서히 그에게 다가갔다. 군사실에 들어선 광암은 천천히 고개를 저으며 안을 살펴보았다.

"이곳은 저와 광암님 둘뿐입니다. 애초에, 광암님의 시선을 피할 만한 은신고수가 이곳에 있을 이유도 없죠."

"나는 원래 머리 쓰는 작자들을 믿지 않는것 자네도 알고 있겠지?"

"하하. 제갈세가의 무인에게 그런 말을 하는 사람은 광암님밖엔 없을 겁니다."

"정보가 필요하네. 제갈윤."

시종일관 군은 표정으로 말하는 광암의 태도에 제갈윤의 얼굴도 사뭇 진지해졌다.

"어떤 정보가 필요하십니까? 이렇게 비밀유지에 신경을 쓰시는 것을 보니 평범한 정보는 아니겠지요."

"이십년 전 정사대전의 인원편성이 담긴 편성표와 정사대전의 역사가 기록된 기록서가 필요하네."

광암에게 건넬 정보와 자료를 찾기 위해 수많은 서책들이 꽂혀 있는 서가로 향하던 제갈윤의 발걸음이 멈추었다.

"정사대전의 자료가 필요하신 겁니까?"

"그래. 그게 필요하네."

"알겠습니다. 찾아보죠."

드러나는 그림자

"현림(玄林)……."

현림이라는 지역에 도착하자 운양원의 표정이 심각하게 굳어졌다.

"굳이 여길 통과해야 하는 겁니까?"

우상이 굳은 표정으로 현림을 바라봤다.

검은 숲. 수풀이 우거진 녹림과는 전혀 어울리지 않는 어두운 수림.

그곳을 보는 운유린의 눈이 불안한 듯 이리저리 흔들리자 하명이 조용히 그녀에게 다가가 물었다.

"현림이 어디입니까?"

"검은 숲이에요. 물론 귀신이 나온다거나 요괴가 나타난다는 전설이 있기는 하지만 실제로 본 적은 없어요. 흉흉한 모습과는 달리 산서에서 섬서로 넘어가는 지름길이 되어주기도 해서 많은 상단이나 표국이 이곳을 애용한답니다."

"그런데 왜 이렇게 망설이는 겁니까?"

"얼마 전부터 현림에 산적채가 나타났어요. 그들은 자신들을 현림채(玄林砦)라 부르는데. 많은 상단과 표국들이 현림채에게 당해 많은 표물들을 강탈당하곤 했죠."

운유린의 말을 듣던 하명이 이해가 되지 않는 듯 고개를 저으며 말했다.

"그런데 왜 굳이 현림을 통해 가려는 건가요? 운남표국은 이미 산적채에 의해 큰 피해를 입었는데?"

"섬서로 가기 위해선 세가지 길이 있는데, 장강을 따라 위로 돌아가는 길과 수강을 따라 아래로 내려가는 길이에요. 이 두가지 길을 가기 위해서는 상당한 시간이 소요돼요. 이렇게 많은 인원과 많은 표물로 오랜 표행을 하는 건 현명하지 못하기 때문에 아버지가 아니, 표국주님이 고민하시는 거예요."

운유린의 말을 들은 하명이 고개를 끄덕였다.

확실히 열다섯 대의 수레. 그 안에 담긴 중원상단의 표물들이 탐나지 않을 산적들은 없을 것이다.

그러니 오랜 표행은 운남표국에겐 상당히 위험했다.

"현림으로 간다. 현림채는 그래도 일정량의 통행료를 제공하면 보내준다고 한다. 그들도 칠십여명의 표국을 상대하는 것보다는 통행료를 받고 보내주는 것이 현명한 선택일 테니."

운양원은 수레와 함께 현림으로 들어섰다. 거무튀튀하고 어두운 수풀을 향해.

* * *

"운남표국이 현림으로 들어왔다고 합니다."

"하?! 쯧쯧… 운양원, 표국주로서의 자질은 상당히 부족하군. 스스로 범의 아가리로 들어올 생각을 하다니 말이야."

동물의 가죽으로 만든 옷을 끼워 맞춰 입은 사내가 자리에 일어섰다.

"그나저나 이거 되게 불편하군."

몸을 긁적이며 동물 가죽옷을 노려본 사내가 뒤를 돌아보았다. 그의 뒤에는 수많은 수의 산적들이 목숨을 잃은 채 산처럼 쌓여 있었다.

"하여간 미개한 산적 놈들… 값싼 무복이나 끼워입지 무슨 동물 가죽을 생으로 입는 거야."

현림채의 산적들에게 침을 뱉은 사내가 현림채의 건물을 빠져나왔다. 현림채의 건물 주변에는 수십명의 사내들이 손에 검과 도를 꼬나쥔 채 매서운 눈빛으로 보고 있었다.

"아가들아. 먹잇감이 제 발로 들어온다는구나."

"어떻게 하면 되겠습니까?"

검을 쥔 무인이 다가와 묻자 사내가 진득한 미소와 함께 말했다.

"표국주와 그자의 딸 그리고 표사들을 제외한 모든 보표와 보표장인 우상을 죽인다."

"표국주는 그렇다 쳐도 표사들은 왜 살려두는 거죠?"

"멍청한 놈. 그래야 그들이 중원상단에 두고두고 빚을 갚을게 아니냐? 하하하!"

"그렇군요. 하하하!"

"그러니까……."

웃음을 짓던 사내가 돌연 표정을 바꾸고 살벌한 살기를 띠웠다.

"사냥준비를 하자고."

현림을 들어선지 반 시진이 지났다.

꽤 오랜시간이 지났음에도 현림채가 나타나지 않자 운양원은 안심한 듯 작게 숨을 내쉬었다.

"후우. 아무래도 현림채가 오늘은 수금하지 않는 모양이군."

"하지만 이상합니다. 이렇게 조용할 리가 없는데요."

주변을 둘러보며 우상이 불안한 듯 말했다.

"동물 소리가 들리지 않는군."

무명의 조용한 말에 운유린이 고개를 돌려 바라봤다.

"동물 소리요?"

궁금한 듯 묻는 운유린에 하명이 가까이 다가가 그녀의 어깨를 살며시 두 손으로 감쌌다.

"조짐이 좋지 않습니다. 뒤로 물러서서 표사들과 함께 있으십시오."

"혀, 현림채인가요?"

불안한 듯 말하는 운유린의 말에 무명이 작게 중얼거렸다.

"현림채이길 바라야지."

의미를 알 수 없는 말에 운유린이 불안하여 하명의 소매를 꼭 쥐었다.

느껴지는 절박함과 두려움에 하명이 운유린의 손에 자신의 손을 얹었다. 따스한 손길에 운유린이 하명을 바라봤다.

"괜찮을 겁니다."

하명의 말에 운유린이 고개를 끄덕였다.

"곧 산적채가 올거다. 준비해."

무명이 우상에게 다가가 말했다. 우상과 운양원이 동시에 고개를 돌려 무명을 바라봤다.

신입 보표인 무명이 반말을 하면 버르장머리에 대한 쓴소리를 내야 하건만, 우상은 집중하며 그에게 물었다.

"그게 무슨 소리지?"

"말 그대로다. 동물 소리가 들리지 않아. 그 흔한 벌레 우는 소리조차도."

운양원과 우상이 청각을 돋우며 주변을 둘러보았다.

무명의 말대로 동물소리도, 흔한 새소리나 곤충 울음소리도 들려오지 않았다.

고요함. 마치 폭풍전야의 고요함을 보는 듯했다.

"현림채인가?"

운양원의 중얼거림에 무명이 앞으로 나서며 말했다.

"차라리 현림채이면 다행이겠지."

"대체 아까부터 무슨 말을 하는 거야!"

우상이 답답하고 짜증이 나는 듯 무명에게 다가가 거칠게 물었다. 거친 대화에 놀란 표사들이 그들을 쳐다보았다. 자연스럽게 수레의 행렬이 멈추었다.

무명은 자신을 잡은 우상의 손을 뿌리치지 않고 정면을 바라봤다. 그리고 크지 않은 목소리로 외쳤다.

"나와. 매복은 들킨 순간부터 의미를 잃는다는 걸 모르는 건 아닐 테고."

무명의 말에 조용하던 어두운 수풀에서 한 사내가 박수를 치며 나타났다.

"하하! 대단하군. 우리 현림채의 매복을 이리도 쉽게 알아차리다니?"

그의 박수 소리와 함께 사방에서 검은 가죽을 입은 산적

들이 도끼와 검, 도를 들고 모습을 드러냈다.

개중에는 활을 든 자도 심심치 않게 보였다. 그들은 사방에서 표국의 인원들을 에워싸는 형태로 모습을 드러냈다.

"수는 대략 오십 명. 수준은 최소 일류."

덤덤하게 모습을 드러낸 산적들을 보며 중얼거리는 무명의 모습에 사내의 표정이 굳어졌다.

무명이 대충 지껄인 말은 상당히 정확했다.

운남표국을 덮치기 위해 준비한 무인들의 수가 오십 명이었고, 수준은 최소 일류급이었다.

매복에 대한 정보를 정확하게 알아맞힌 무명을 향해 사내가 눈매를 좁히며 말했다.

"너… 정체가 뭐냐?"

무명을 향해 검을 겨눈 사내가 묻자 무명이 양 손목을 가볍게 돌리며 말했다.

"중원내의 표정이 미묘하게 변했다. 하지만 무명은 무시입을 열었다.

"중앙표국?"

사내의 표정엔 변화가 아예 없었다. 하지만 무명은 미소지었다.

"자신의 소속을 숨기려는 자들의 본능이 뭔지 알고 있나?"

사내를 향해 물어오는 무명의 질문에 사내가 눈매를 좁힌 채 대답 없이 무명을 노려보았다.

하지만 무명은 전혀 신경 쓰지 않았다. 애초에 대답을 원하고 한 질문이 아니었다.

"자신의 소속이 들킬까 두려워, 오히려 무덤덤한 척을 하려는 거지. 안 그런가, 중앙표국의…보표라 불러야 하나?"

무명의 말에 우상과 운양원이 놀라 사내를 바라봤다.

그들의 시선에 사내가 짜증이 나는 듯 머리를 긁적였다.

"하…! 이놈의 위장을 하려고 생가죽을 몸에 두르고 별짓을 다 했는데, 네놈 새끼 때문에 전부 다 틀어졌잖아!"

사내의 외침에 운양원이 급히 외쳤다.

"왜! 어째서?! 설마 지금까지…모든 산적채에 중앙표국이 개입한 건가?!"

"그래. 멍청한 표국주 놈아. 네놈이 고용한 무인들도 다 우리 쪽에서 보낸 자들이지. 물론 비밀을 지키기 위해 죽여 버렸지만."

"이런 악…악독한! 놈들! 네놈들은 상도덕이란게 없단 말이냐?!"

"뭐? 상도덕? 하하하하!! 이딴 세상에 무슨 상도덕?! 무림은 힘이 최고야! 도덕? 정의? 그딴건 모두 돈과 힘으로 정할 수 있어. 이 빌어먹을 세상은 힘이 최고라고! 알아?"

우상과 운양원이 분노하며 사내를 바라봤지만, 할 수 있는게 없었다.

무명의 말에 의하면 오십여 명의 산적, 아니 중앙표국 무인들의 수준은 최소 일류. 그들은 수적으로도 실력으로도 이길 수 없는 상대들이었다.

"유린아."

"예."

급히 운유린을 부른 운양원이 딸을 내려다보며 말했다.

"도망치거라. 내가 시간을 끌어보마. 내려가서 네 엄마와 우상의 아내를 데리고, 표국의 모든 이들을 데리고 눈에 띄지 않는……."

"뭘 도망가. 너흰 아무도 도망칠 수 없어. 이미 들킨 이상 이곳에서 모조리 다 죽는다고."

사내가 이죽거리며 운남표국의 표사들과 보표들 그리고 운양원을 바라보며 말했다.

보표들은 검을 꼬나쥐며 맞서려 했지만, 표사들은 이미 겁에 질려 바들바들 떨고 있었다.

그때, 한 사내의 목소리가 현림을 울렸다.

"네 말 중에 그래도 맞는 말이 있기는 하군."

무명의 목소리에 사내가 의아한 얼굴로 무명을 바라봤다.

"뭐?"

"힘이라. 그래. 나도 동의한다. 무림에서 힘보다 중요한 건 없지. 안 그래?"

"맞는 말이야."

하명이 무명의 뒤로 다가오며 말했다. 그들의 대화에 짜증이 나는 듯 사내가 인상을 찌푸리며 말했다.

"대체 무슨 말을 하는 거야?"

"무슨 말이긴."

무명이 사내를 향해 싸늘한 미소를 지어 보였다.

사내는 길게 기른 앞머리로 가려진 탓에 보이지 않는 무명의 눈동자가 자신의 모든 것을 꿰뚫어보는 듯 느껴졌다.

그와 동시에 형언할 수 없는 공포와 불안감이 엄습해오기 시작했다.

"이런 말이지."

싸늘한 미소를 지었던 무명의 신형이 일순간 자취를 감췄다.

말 그래도 애초에 그곳에 없었던 것처럼 모습을 감춘 것이다.

"이, 이게 무슨……."

우드득──!

사내는 믿기지 않았다.

분명 자신의 바로 오른편에 있던 부하가 이제 더 이상 자신의 오른쪽에 서 있지 않았다.

사내는 뒤돌아보지 않았다. 하지만 어렴풋이, 아니 확실하게 알 수 있었다.

자신의 인지를 뛰어넘는 속도로 날아든 남자의 의해 부하가 목숨을 잃었다는 것을.

그리고 그 시체가 자신의 뒤에 널브러져 있을거란 걸.

멍한 표정으로 자신의 앞에 오연하게 선 무명을 바라보며 사내는 떨리는 입술을 간신히 열어 말을 건넸다.

"누… 누구… 누구십니까?"

"누구긴, 너희들 표국주와 볼일이 있는 사람이지."

* * *

"현림채의 산적들을 죽인게 너희들인가?"

무연의 물음에 자신의 이름을 공우라고 밝힌 사내가 고개를 힘차게 끄덕였다.

그의 옆에는 산적으로 위장한 스물다섯명의 중앙표국의 무인들이 쓰러져 있었다.

남은 스물다섯명은 공우의 뒤로 공손히 무릎 꿇고 앉았다.

"그, 그렇습니다."

"이유가 뭐지? 단순히 운남표국을 망하게 하기 위해서인가?"

무연의 말을 들은 공우의 눈이 갈피를 못 잡고 이리저리 움직이자 무연의 손이 번개같이 뻗어 나가 공우의 턱을 부여잡았다.

"꺼, 꺼억!"

단순히 턱을 잡았을 뿐인데 공우는 온몸이 얼어버린 듯 꼼짝도 못한 채 몸을 덜덜 떨었다.

"잔머리 굴릴 생각하지 마라. 내가 시간이 별로 없거든."

"끄억! 허억… 허억!"

무연의 손이 놓이자마자 자유의 몸이 된 공우는 숨을 거칠게 몰아쉬었다.

지금껏 살아오면서 단 한번도 겪어 본 적이 없는 공포였다.

단순히 죽음을 직면했을 때 느끼는 공포가 아니었다.

더욱 깊은, 형언할 수 없는 힘에 대한 공포.

무심한 무연의 눈동자가 공우를 응시했다.

"주… 중앙표국은 중원상단과의 독점 계약을 위해…억!"

모든걸 내려놓은 채 무연에게 중앙표국의 일을 털어놓으려던 공우가 두눈을 부릅뜨며 무연을 바라봤다.

무연의 시선이 급히 공우의 가슴으로 향했는데, 공우의 왼 가슴에는 살짝 튀어나온 검날이 날카롭게 빛났다.

털썩―!

공우의 시신이 앞으로 고꾸라지자 무연이 정면을 향했다.

그곳에는 무릎 꿇고 있던 스물다섯 명의 보표 중 한명이 빠르게 몸을 날려 도주하고 있었다.

그게 시발점이 되었을까. 스물다섯 명의 보표들이 일제히 사방팔방 도망을 치기 시작했다.

"한소진."

하명, 아니 한소진이라 불린 여인이 검을 빼 들며 앞으로 나섰다.

"나는 공우를 죽인 녀석을 쫓는다."

"나머지는?"

"무시해. 운남표국을 노리는 녀석만 신경 써."

"알았어."

검을 쥔 한소진의 시선이 좌우를 빠르게 살피며 이리저리 도망치는 스물네 명의 중앙표국 보표들을 살폈다.

하지만 그들은 겁에 질린 채 살고자 하는 의지로 도망을 치고 있을 뿐, 어느 누구도 운남표국에 손을 대는 이들은 없었다.

"아무래도 운남표국을 노리는 이들은⋯⋯."

무연에게 말을 건네던 한소진은 방금까지만 해도 무연이 있었던, 이제는 아무도 없는 휑한 공터를 보고는 입을 다물었다.

"후웁! 후웁!"

공우의 가슴에 검을 꽂아 넣은 뒤 빠르게 몸을 날린 사내가 거칠게 숨을 몰아쉬며 빠르게 현림을 빠져나가기 시작했다.

'운남표국에서 저런 고수들을 구했다는 보고는 듣지 못했는데⋯⋯!'

처음, 운남표국에서 나선 보표의 말과 행동에 상황이 묘하게 돌아가고 있음을 느낀 사내는 여차하면 앞으로 나선 운남표국의 보표를 죽이려고 했다.

빠르게 그리고 은밀하게 누군가를 죽이는 것은 그의 특기였다.

하지만 자신을 무연이라 밝힌 보표의 실력은 이미 그가 죽이고 말고를 할 수 있는 수준이 아니었다.

단 한번의 움직임으로 중앙표국의 무인이 죽었다. 그곳에 있던 누구도 무연의 움직임을 읽지 못했을 것이다.

그만큼 무연의 속도는 사내가 본 누구보다도 빨랐다.

게다가 이후에 이어지는 중앙표국 무인들과 무연이라는 사내의 싸움. 아니, 싸움이라기보다는 학살이라는 말이 더욱 어울릴 것이다.

다섯 명의 무인이 검을 빼 들고 무연에게 날아들었다. 일류급의 실력을 지닌 이들이었다.

내력을 겉으로 운용하여 검에 검기를 발현시킬 수 있는 검기상인의 경지를 이룬 무인들인 것이다.

그러나 무연이란 사내에게 검기상인이란 경지는 아무런 의미도 방해도 되지 못했다.

양팔로 허공을 때리자, 무연의 좌우로 일장 정도 떨어져 있던 무인들의 복부와 가슴팍이 움푹 들어갔고, 무인들이 피를 토했다. 그들의 마지막 모습이었다.

두 명의 무인이 쓰러지자 이번엔 무연의 앞으로 검을 높게 치켜든 채 달려든 무인의 턱이 수직으로 치솟으며 하늘

을 바라봤다.

물론 턱뼈와 목뼈가 부러졌기에 그는 더는 일어설 수 없었다.

일류의 반열에 오른 무인들은 내력을 이용해 몸을 보호할 수 있었다.

이를 호신강기라 불렀는데, 이러한 호신강기와 함께 오랜 세월동안 무공을 연마한 그들의 감각들도 이 모든 것을 무시하는 힘과 속도 앞에서는 무의미했다.

번쩍—

은색의 검날이 번쩍였다.

투박한 검이었지만, 여인의 손에 들린 철검은 어느 명검도 부럽지 않을 만큼 빠르고 가벼웠으며, 매섭고 날카로웠다.

무연을 노리고 달려들었던 이들 중, 여인의 검을 쉬이 막은 이들은 거의 없었다.

여인의 검은 어두컴컴한 현림에서 한줄기 은빛 섬광이 되어 중앙표국 무인들의 목을 베었다.

이 모든 상황이 끝을 맺고 공우가 항복을 선언하며 스물다섯 명의 무인이 무릎을 꿇었다.

여기까지 걸린 시간은 단 일다경. 느긋하게 차를 음미하는 정도의 시간밖에 걸리지 않았다.

'보통 수준의 무공이 아니다. 일이 틀어졌어…어서 표국

으로 돌아가 표국주님께…….'

힘차게 땅을 박차던 사내의 발걸음이 급히 제자리에 멈추었다.

너무도 빠르게 달린 터라 멈추지 못한 신형 탓에 다리가 땅에 거칠게 끌렸으나, 사내의 눈은 부릅떠진 채 정면을 응시하고만 있었다.

"자신의 상사를 죽이다니, 둘 중 하나겠군. 이러한 일을 염두에 두고 심어놓은 고수거나. 중앙표국에 두개의 세력이 존재하거나."

먼저 와서 기다리고 있었는지 팔짱을 낀 채 여유롭게 서 있는 무연의 모습에 당황한 사내가 빠져나갈 곳을 찾기 위해 눈을 굴리려고 했지만, 그는 고개를 돌리지 않고 무연을 응시했다.

불현듯 무연에 의해 턱이 잡혀 꼼짝하지 못했던 공우가 떠올랐기 때문이다. 사내가 눈매를 좁혔다. 무연에게서 눈을 떼는 순간 그에게 붙잡힐게 뻔했다.

말 그대로 진퇴양난의 순간. 하지만 방법이 없는 것은 아니었다.

사내와 같은 이들은 절체절명의 순간 어떠한 선택을 해야 하는지 철저히 교육받았고, 그 역시 망설일 때가 아니란 걸 알고 있었다. 조용히 사내를 바라보던 무연이 오른손을 슬쩍 들어올리며 고개를 저었다.

"너희 같은 녀석들이 빠져나갈 수 없다고 생각했을 때 하

는 짓이 있지."

사내의 턱이 살짝 벌려졌다. 입은 벌리지 않고 턱만 살짝 내려왔는데, 무연은 이를 놓치지 않았다.

"꺼억!"

사내의 입이 강제로 벌려졌다. 어느새 다가온 무연의 손이 사내의 아래턱을 오른손으로 움켜잡았는데, 너무도 강력한 무연의 힘에 의해 사내의 입이 강제로 벌려졌다.

"너는 잘 교육받은 암수(暗手)이니 만큼, 절대로 정보를 발설하지 않을 거야? 그렇지?"

입이 강제로 벌려진 채 꼼짝 못하는 사내가 대답을 할 수 있을 리가 없었다.

그러나 무연은 대답을 들은 것처럼 고개를 끄덕였다.

"역시 그렇지?"

우드득—!

무연의 왼손이 사내의 오른손목을 움켜쥐었다. 그러자 뼈가 부러지는 소리가 살벌하게 현림의 숲에 울렸다.

"끄으!"

비명을 지를 만한 고통에도 사내는 눈을 꼭 감으며 고통을 참았다. 그 모습에 무연이 재차 고개를 끄덕였다.

"암수인 만큼 고통에 익숙하군. 하지만 네가 공우에게 한 것처럼 널 죽일 수 있는 자는 없어. 있어도, 내가 널 죽게 하지 않을 거야. 왜냐하면 넌 내 손에 아주 천천히 죽어야 하거든."

"끄…흐으으."

무연의 왼손이 사내의 양쪽 허벅지를 빠르게 휘둘러 쳤다.

우득!

"끄흐흐!"

허벅지 뼈가 부러지자 더는 신형을 지탱하기 힘든지 사내의 몸이 휘청거렸다.

그러나 사내는 쓰러지지 못했다. 무연이 아래턱을 움켜쥔 탓에 쓰러지지 못한 것이다.

오히려 무너지는 사내의 신형을 무연이 지탱해 주고 있는 꼴이었다. 사내의 입장에서는 엄청난 고통이었지만.

"인간은 뼈가 이백여개 있다는군."

암수의 눈에서 눈물이 흘러나왔다.

온갖 고문들 속에서도 비밀을 유지하며, 목숨보다도 정보를 소중하게 여기는 사내의 눈에서 어울리지 않는 맑고 투명한 눈물이 뺨을 타고 흘러내렸다.

무연 역시 자신의 손을 타고 흐르는 눈물에 의해 사내가 울고 있다는 사실을 알게 되었다.

"울지 마라. 아직 시작도 못 했으니까."

"마으하하르 끄으게!"

우드득!

"끄아악!"

무연의 발이 거칠게 사내의 발을 짓밟았다. 수개의 뼈가

산산조각 나는 듯한 소리가 기괴하게 울렸다.

아마, 이번 무연의 발길질로 사내의 발가락과 발등의 **뼈**가 박살났을 것이다.

"제으르바르… 마르하흐으으……."

몸을 떨며 말하는 모습에 무연이 사내의 턱을 내려 자신의 두눈과 맞추었다.

"말하겠다고?"

사내가 재빨리 고개를 끄덕였다.

"그래. 네가 마음을 바꿨다니 아쉽긴 하지만… 지금 내가 네 턱을 놔줄 거다. 그런데 네가 다시 어금니를 깨물어 자살시도를 한다면. 그때는 정보고 뭐고 네 몸에 있는 모든 **뼈**를 박살내줄 테니까. 현명하게 생각해라."

이번에도 사내가 망설임 없이 고개를 끄덕였다.

사, 어금니를 깨물어 속에 숨겨둔 독단으로 자살할 생각을 가지고 있었다.

하지만 무연의 힘과 속도 그리고 범인은 상상할 수 없는 반응속도를 이겨낼 자신이 없었다. 무연이 아래턱을 움켜쥐었던 손을 놔주며 그의 옷깃을 움켜쥐었다. 덕분에 허벅지 **뼈**가 부러진 사내가 허공에 매달렸다.

"주, 중앙표국은 운남표국을 경쟁상대에서 배제하기 위해 무인들을 고용해 산적처럼 위장시켰다."

"때문에 운남표국이 계속 표행에 실패했던 건가?"

"그, 그래."

"언제부터지?"

"뭐……?"

"언제부터 중앙표국이 운남표국을 상대로 수를 쓰기 시작했느냐 말이야?"

무연의 말을 듣고 잠시 생각에 빠진 사내가 망설이며 입을 열었다.

"5년 전…부터다."

사내가 나무에 기대어 주저앉았다.

오른발에선 아무런 감각도 느껴지지 않았다. 발가락 끝부터 발등까지 모든 뼈가 박살났기 때문이다.

게다가 양 허벅지 뼈도 부러졌고, 오른손목은 꿈쩍도 하지 않았다. 목숨을 부지한다 해도 더는 암수로 살아가기 힘들 것이다.

점점 멀어져가는 무연의 뒷모습을 바라보던 사내가 눈을 감고 천천히 어금니에 힘을 주었다.

곧, 어금니에 숨겨둔 독단이 터지며 흘러나온 극독이 목을 타고 들어가 부질없는 사내의 삶을 끝낼 것이다.

"중앙표국도… 운이 다했군."

나무에 기대어 허탈하게 중얼거리던 사내의 신형이 천천히 바닥으로 무너져내렸다.

"어떻게 된건가?"

아직 진정이 되지 않는 듯 운양원과 우상이 어리둥절하여 한소진을 바라보았다. 주변을 살피던 한소진이 그들에게 다가가 입을 열었다.

"운남표국의 상황이 언제부터 힘들어지기 시작했습니까?"

그녀의 물음에 잠시 망설이던 운양원이 조심스레 말을 꺼냈다.

"5년 전부터일세. 그때부터 이상하리만큼 산적채의 습격도 잦아지고 통행료만 내주면 건들지 않던 산적채들도 어느 순간부터 통행료를 거부하고 상단물을 강탈해갔네… 헌데 그 뒤에 중앙표국이 있었을 줄이야……!"

분노하며 말하는 운양원에 한소진이 의아한 듯 물었다.

"그들의 뒤에 중앙표국이 있을 거란 생각은 하지 못한 겁니까?"

"표국의 불문율이 있네. 그건 상대 표국의 표행을 의도적으로 방해하지 않는 것이지."

"믿으신 겁니까?"

한소진의 물음에 운양원이 얼굴을 굳힌 채 말했다.

"믿을 수밖에. 그건… 중원의 역사만큼이나 오래된 상단들과 표국들의 법이고 규칙이었으니까."

굳은 얼굴로 죽어 있는 중앙표국의 무인들을 보며 운양원이 두눈을 감았다. 착잡함을 느끼던 운양원의 곁에 운유린이 다가와 손을 잡아주었다.

부드럽고 따스한 손길에 눈을 뜬 운양원이 딸을 바라보다 안아주었다.

"괜찮으냐, 유린아."

"괜찮아요."

주변을 살피던 우상이 운양원에게 다가갔다.

"표국주님. 표행을 이대로 진행할지 아니면 그만둘지 정해야 합니다. 중앙표국이 그동안 만났던 산적채들의 뒤에 있었다는 걸 알아낸 이상, 관청과 중원상단에 이 사실을……."

우상의 말을 들은 운양원이 고개를 저었다.

"그래봤자일세. 중원상단이 부정하면 어찌할 방도가 없네. 차라리 저들 중 한명이라도 붙잡을 수 있었다면 그를 증인으로 중앙표국을 압박하겠지만, 그도 안 되니……."

"그럼 표행을 이대로 진행하실 겁니까?"

"그래야지. 이번 표행은 무조건 성공해야 하네. 주양걸에게 우리 운남표국은 아직 건재하다는 사실을 알려주어야 해. 그래야 미래를 도모할 수 있네. 중앙표국은 표행에 성공 후 대책을 세워봐야지."

잠시 말을 멈추고 열다섯대의 수레를 돌아보던 운양원이 말을 이었다.

"그래도 이번 습격을 자네들 덕분에 넘길 수 있었네. 감사하네… 헌데 자네들은 누군가? 어째서 그런 실력을 가지고 보표로 지원한 거지?"

"중앙표국에 볼일이 있기 때문이지."

들려오는 사내의 목소리에 운양원이 뒤를 돌아보았다. 무연이 그들을 향해 천천히 걸어오고 있었다.

"중앙표국에?"

우상의 물음에 무연이 고개를 끄덕였다.

"그래. 중앙표국에 대한 정보를 모으기 위해 운남표국에 온 거다."

"중앙표국의 정보? 혹시 그들에게 무슨 문제라도 있는 건가?"

"중앙표국에서 알아낼 정보가 있다."

말을 마친 무연이 한소진에게로 고개를 돌렸다.

"운남표국은 됐어. 중원상단으로 가지."

무연의 말에 한소진이 고개를 끄덕이며 검을 검집에 꽂아넣고 그에게 다가갔다. 그들의 모습에 운유린이 한소진을 바라보며 울상 진 얼굴로 말했다.

"가, 가시는 건가요?"

슬픈 눈을 한 운유린을 향해 한소진이 다가갔다.

"가야 해. 중앙표국은 이번 일로 당분간 조용할 거야. 그러니 이번 표행은 비교적 안전할 거야."

자신을 보며 다소 무심한 듯 말하는 한서린의 모습에 운유린이 고개를 끄덕였다.

바꾸어버린 그녀의 차가운 목소리에 운유린이 고개를 숙였다. 그녀를 위로해줄 만도 했지만, 한소진은 그러지 않았다. 그녀에게 사사로운 인연이란 무의미했다.

운남표국은 표행을 시작했다.

중앙표국에 의해 좌절될 뻔했지만, 무연과 한소진의 도움으로 안전하게 현림을 빠져나갈 수 있었다.

그들이 섬서로 향하는 걸 확인한 무연과 한소진이 산서로 향했다.

"중원상단은 삼대 상단 중에서도 가장 큰 상단이야. 그곳은 들어가고 싶다고 해서 쉽게 들어갈 수 있는 상단이 아니야."

한소진의 말에 무연이 고개를 끄덕이며 외곽으로 향했다. 양소걸과의 연락을 취하기 위해 준비했던 개방의 산서 분타로였다.

* * *

"허억… 허억!"

현림에서부터 한번도 쉬지 않고 달린 흙먼지 투성이의 남자가 중앙표국에 들어섰다.

"뭐야. 너 왜 그…….."

자신을 걱정하는 표사들을 제치고 남자는 멈추지 않고 달렸다. 그가 도착한 곳은 중앙표국의 본당이었다.

벌컥—!

힘차게 문을 열어젖힌 남자가 광인처럼 주변을 둘러보다가 누군가를 발견하고 빠르게 다가갔다.

"보표장님!"

"넌? 네가 왜 여기 있는 거냐?"

보표장이라 불린 중년의 남자가 짜증스러운 표정으로 흙먼지 투성이의 남자를 바라봤다.

"지충우님……."

"뭐야. 뜸 들이지 말고 당장 말해! 네가 왜 이곳에 있는 거냐? 운남표국은?!"

"그게 운남표국에서 고수를 데리고 있었습니다. 그는 눈깜짝할 사이에 저희 무인의 절반을 죽였습니다."

"뭐, 뭐라고?! 고… 공우는?!"

"죽었습니다."

쾅―!

거칠게 탁자를 내려친 지충우가 자리를 박차고 일어섰다.

"설마 그놈들이 우리 표국에 대해 알아냈느냐?"

"그것이… 제가 말한 자가 이미 저희를 알고 있었습니다. 그는 중원상단과 저희 표국을 들먹이며 어느 쪽이냐 물었고, 공우님이 부정하려 했으나 잘 먹히지 않았습니다."

"멍청한 새끼! 그래서 운남표국 놈들은 지금 어디 있는 거야?!"

지충우의 말에 남자가 고개를 저었다. 미친 듯이 도망쳐 온 터라 운남표국이 어디로 향했는지 알 수가 없었다.

"네놈들을 믿은 내가 병신이지!"

지충우가 거칠게 앞에 선 남자를 밀어내며 고개를 돌렸다.

"제기랄… 표국주님이 이 사실을 알게 되면 가만있지 않으실 게다."

"표국주님은…….."

"지금 중원상단주를 만나고 계신다. 너는 무인들을 데리고 현림의 입구를 살펴라. 운남표국의 움직임을 주시해."

"알겠습니다."

남자가 지충우의 말을 듣고 신형을 돌려 나갔다. 입술을 잘근잘근 깨문 지충우가 급히 발을 놀려 본당을 빠져나갔다.

* * *

"여기 있습니다."

꼬질꼬질한 손으로 건넨 것치고는 상당히 깔끔한 외향을 갖춘 서신이 거지의 손에 들린채 무연에게 내밀어졌다. 이를 건네받은 무연이 빠르게 서신을 펼쳐 안의 내용을 살폈다. 잠시 서신을 살펴본 무연이 서신을 접어 품에 갈무리했다.

"중원상단으로 가. 나는 중앙표국을 들렀다가 갈게."

"알았어. 먼저 가 있지."

한소진이 중원상단으로 향했다. 그녀의 뒷모습을 지켜 보던 무연이 중앙표국을 향해 몸을 날렸다.

중앙표국에 도착한 무연은 꽤나 소란스러워진 중앙표국 을 조용히 바라봤다. 표행 준비 탓인지 그들은 상자를 연 신 수레에 옮겨 싣는 중이었다.

"뭐야. 보표 지원자요?"

밖에서 멀뚱히 이 모습을 지켜보고 있는 무연을 향해 상 자를 옮기던 표사가 인상을 찌푸리며 물었다.

그러자 무연이 표정을 풀며 다소 순박한 얼굴로 상체를 숙인 뒤 말했다.

"예. 혹시 보표 자리를 좀 얻을 수 있을까요?"

어눌하게 물어오는 무연의 말에 표사가 고개를 저었다.

"아니, 불가하오! 요새 중원상단의 일을 전부 도맡아 하 는 통에 보표를 넘치도록 뽑아서 더는 남는 자리가 없소!"

"아아~ 지금도 표행을 준비하시는 건가요?"

"표행은 무슨! 변덕스러운 표국주님의 명대로 보관 중이 던 상자를 산서 남부에 있는 창고로 옮기는 중이지."

그의 말에 앞머리로 가려진 무연의 눈이 빛을 내며 상자 들을 살폈다. 하북팽가에서 보았던 상자들과 비슷한 상자 들이 수레에 실리고 있었다.

"갑자기 옮기는 건가요?"

계속 캐묻는 무연이 의심스러운 듯 표사가 얼굴을 굳히며 바라봤다.

"대체 그런건 왜 묻는 거요?"

"아뇨. 단지 산서에서도 가장 유명하고 명성이 자자한 중앙표국에선 무슨 일을 하나 궁금해서……."

"흠흠. 뭐, 가끔 이렇게 갑자기 그럴 때가 있소. 이번만 해도 어젯밤에 갑자기 상자를 옮기라 했으니 말이오. 도무지 이놈의 표국은 개고생하는 표사들은 생각하지 않고 일을 진행하니… 그래도 중앙표국보다 돈도 많이 나오고, 일거리도 많은… 어라?"

팔은 안으로 굽는다 했던가. 중앙표국의 칭찬에 약간은 신이 난 표사가 투덜거리면서도 은근하게 묻지도 않은 말을 해왔지만 무연이 있던 자리엔 아무도 없었다.

"허, 참… 귀신이라도 쓴 건가……."

중앙표국으로부터 조금 떨어진 곳에 위치한 객잔의 앞에 선 무연이 중앙표국에서 빠져나가는 수레들을 무심하게 바라봤다.

그리고는 품속에서 하나의 서신을 꺼내 펼쳤다.

서신이 개방의 산서분타에 도착한 것은 어젯밤.

중앙표국에서 상자를 옮기기 시작한 날도 어젯밤이었다. 오른손에 서신을 쥔 무연이 내력을 끌어올렸다.

그러자 무연의 손에 들려 있던 서신이 애처롭게 흔들리다가 이내 갈기갈기 찢어져 바람에 흩날렸다.

　중원상단에 도착한 한소진은 거대한 규모에 눈을 찌푸렸다. 아무리 올려다보아도 끝이 보이지 않는 건물들의 높이와 넓이. 게다가 건물들의 대부분이 황금으로 지어진 듯 금빛을 내고 있었다.

　두눈에 담기 힘들 만큼 거대한 중원상단의 규모에 한소진이 작게 중얼거렸다.

　"두 표국이 사활을 걸고 경쟁을 할 만하군."

중원상단(中原商團)

"그럼 다음에 또 뵙겠습니다."

"하하! 중원상단의 상단주이신 주양걸님께서 이리 몸소 배웅해주시니 몸 둘 바를 모르겠습니다."

중원상단의 정문에서 두 명의 중년 남성이 악수를 나누며 나타났다.

한 명은 금색 봉황이 수놓아진 최고급 금색 비단 도포를 두른 온화한 인상의 중년 남성이었고, 다른 한 명은 붉은 비단옷을 입은 사나운 인상의 중년 남성이었다.

"구주양님께서 계신 덕에 저희 상단이 나날이 번창하는 것이겠죠."

구주양이라 불린 붉은 비단옷의 남자는 급히 손사래를
치며 말했다.

"아닙니다. 표국이란 자고로 상단이 존재하기에 존재의
의미가 있는 것이죠. 주양걸님의 중원상단 덕에 저희 표국
이 존재하고, 번창할 수 있는 것입니다."

화기애애한 대화를 바라보던 한소진이 주양걸과 구주양
을 번갈아 바라봤다.

'금색 도포는 중원상단주 주양걸, 붉은 비단옷은 중앙표
국주인가?'

둘의 신상을 파악하던 한소진은 구주양이 뒤를 돌자 빠
르게 고개를 반대쪽으로 돌렸다.

주양걸과의 인사치레를 마친 구주양이 몸을 돌려 중원상
단의 정문을 벗어나기 시작했다.

"음?"

중원상단을 벗어나 중앙표국으로 돌아가려 신형을 돌리
던 구주양의 시선이 한소진에게로 향했다.

한소진이 고개를 돌리고 있어 간신히 옆모습을 봤을 뿐
인데, 구주양의 시선은 움직일 생각을 하지 않았다.

구주양의 시선을 느낀 한소진이 자연스럽게 신형을 돌려
자리를 피했다.

끈적거리는 듯한 불쾌한 구주양의 시선이 좀처럼 떨어질
생각을 하지 않아서였다.

"흠……."

한소진이 자리를 피하자 멀어지는 그녀의 뒷모습을 위아래로 훑던 구주양이 한소진의 엉덩이를 바라보며 혀를 내밀어 입술을 핥았다.

"어디서 저런, 미인이……."

건물 외곽을 돌아 한소진의 모습이 완전히 사라지자 구주양이 발걸음을 옮겼다.

평소라면 여인의 뒤를 따라가 유혹하거나 손을 써보려 했겠지만, 지금은 그보다 중요한 일이 있었다.

"지긋지긋한 놈들."

못내 아쉬운 듯 구주양이 재차 뒤를 돌아보았다가 다시 발걸음을 재촉해 중앙표국으로 향했다.

* * *

"자, 여기 있습니다."

꽤 많은 분량의 서책들을 가져온 제갈윤의 모습에 광암이 대놓고 인상을 찌푸렸다.

그런 광암의 모습에 제갈윤이 책상 앞 의자에 엉덩이를 앉히며 말했다.

"걱정하지 마십시오. 제가 도와드리겠습니다."

"고맙네. 자네도 할게 많을 텐데."

"예. 많죠. 상당히요."

이미 체념한 듯한 제갈윤의 말에 광암이 피식 웃었다.

"왜 웃으십니까?"

제갈윤이 미소지으며 묻자 광암이 고개를 저었다.

"아닐세. 단지 옛 기억이 떠올라서 그랬네."

광암의 말에 제갈윤 역시 과거의 기억을 떠올리는 듯 아련한 미소를 지으며 산처럼 쌓인 서책 중 하나를 집어들었다.

"과거엔 광암님께 많이 혼났죠. 말투가 마음에 안 든다, 걷는 폼이 마음에 안 든다, 눈이 작다 같은 이유로 말이죠."

그의 말에 광암이 멋쩍은 미소를 지었다.

"그건… 미안하게 생각하네."

"괜찮습니다. 지나간 일이고, 덕분에 광암님이 싫어하는 머리 쓰는 작자 임에도 이러한 신뢰를 받게 되었으니까요."

"아니, 나를 놀리는 겐가?"

광암의 물음에 제갈윤이 어깨를 으쓱했다.

"그럴 리가요. 그럼 제가 어떤걸 찾아주었으면 합니까?"

서책을 촤르륵— 펼치며 제갈윤이 물었다. 미소를 거둔 광암이 사뭇 진지해진 얼굴로 말했다.

"정사대전에서의 기록 중 수상한 움직임을 보인 맹의 장로들, 아니면 여러 문파의 장로나 장문인, 전대 무림맹주인 백서문의 움직임 등… 아무튼 정사대전에서 조금이라도 수상한 움직임을 보인 이들을 찾아주었으면 좋겠네. 나는 정사대전의 인원편성을 살펴볼 테니."

"이것들을 알아내서 뭘 얻고자 하십니까?"

무미건조하게 묻는 제갈윤에 광암이 말없이 바라봤다.

시선을 느낀 제갈윤이 읽던 서책을 덮으며 마주 바라보자 광암이 입을 열었다.

"배신자."

"어떤 배신자를 말씀하시는 겁니까?"

"윤이. 지금은 내가 자세히 말해줄 수 있는게 없네. 하지만 어느 정도 윤곽이 잡히면 내 기필코 자네에게 숨김없이 말해줄 테니. 지금은 내 부탁을 좀 들어주게나."

묵묵히 광암을 바라보던 제갈윤이 서책을 두고 자리에서 일어섰다.

"약속입니다? 제가 아무리 제갈세가의 무인답지 않다고 해도 타고난 천성 탓에 궁금한 것은 못 참는 것, 광암님도 아시겠지요?"

미소지으며 묻는 제갈윤의 모습에 광암이 힘차게 끄덕였다.

"물론이지."

* * *

"멸문서를 작성하시지요."

침묵 속 남궁세정이 말했다. 그의 말에 장로들이 웅성대기 시작했다. 남궁세정은 착잡한 표정을 유지하면서도 멸문서를 각 장로에게 전달했다.

하북팽가 같은 명문 문파이자 대(大)문파들을 멸문하기 위해서는 무림맹 장로 회의에서 다수결의 찬성이 담긴 멸문서와 맹주의 결제가 필요했다.

제아무리 대다수의 장로들이 멸문에 찬성하여 멸문서를 작성해도 맹주가 결제하지 않으면 멸문은 이루어지지 않았다. 대부분의 맹주들은 장로들의 뜻을 거스르지 않았다.

그 이유는 일단 멸문서를 작성한다는 것 자체가 해당 문파가 중원에서 금기된 것을 시행하거나, 도저히 문파 차원에서 수습이 불가능한 비리와 악행을 저질렀을 경우이기 때문이다.

하북팽가의 경우는 중원에서 금기된 강시제련을 했다는 것으로 멸문서를 작성하게 되었다. 강시 제련으로 인해 멸문서가 작성된 것은 무림맹이 창맹된 이후 처음이었다.

"본인도 상당히 착잡하고 슬픕니다. 애통하고요. 하북의 패자이자 정사대전에서 죽음을 두려워하지 않는 용맹함으로 그 위용을 떨치던 하북팽가를 멸문한다는 것 자체가 중원의 큰 슬픔이요, 정파 무림의 크나큰 손실입니다… 허나! 많은 수의 천소단원이 목숨을 잃었고, 이를 책임질 하북팽가주였던 팽우영은 죽었습니다. 그의 뜻에 동조하던 장로들도 모조리 죽었고요."

남궁세정이 무림맹의 장로들을 쭈욱 둘러보았다.

"게다가 이것이 과연 그들만의 뜻인지도 알 수 없습니다. 어쩌면 강시제련을 하려던 것을 들켜 가주인 팽우영과

 76

장로들이 자신들을 희생해 죄를 덮으려 한 것일지도 모르죠."

"아니 그런……!"

애통하다는 듯한 남궁세정의 말에 장로들이 얼굴을 굳힌 채 고개를 저었다. 그리고 하나둘씩 멸문서를 작성했다.

이 모습을 조금 떨어진 거리에서 지켜보던 혜정이 손에 쥐고 있던 염주를 손가락으로 하나씩 세기 시작했다.

"용천단의 보고에 의하면 시체를 담았던 상자를 옮긴 이들도 그 상자안의 내용물을 몰랐다고 했습니다. 어쩌면 정말로 팽우영과 장로들만의 소행인지도 모르지요."

나지막이 들려오는 혜정의 음성에 장로들의 시선이 쏠렸다.

"그것도 입을 맞춘 거라 생각하지 않으십니까?"

"그렇게도 볼 수도 있지요. 하지만 가능성은 열어두어야 합니다. 하북팽가는 오랜 중원 무림의 역사 속에서 벌어진 숱한 정파와 사파의 전쟁에서 목숨을 걸었습니다. 그들의 긍지와 용맹함으로 사파 무림으로부터 정파 무림을 지키고 더 나아가 중원의 평화에 이바지했습니다. 헌데 그들이 만약 팽우영을 포함한 몇명 장로의 음계(陰計)에 의해 멸문한다면 그건 남궁장로의 말대로 정파 무림의 큰 손실이 될 것입니다."

혜정의 말을 잠자코 듣던 남궁세정이 장로들을 돌아보았다.

혜정의 나지막하고 울림이 강한 말에 의해 흔들렸는지 멸문서를 작성하던 장로들의 손이 멈추었다.

"하지만 만약 아니라면요? 만약 하북팽가 전체가 이 일을 주도했고, 걸리니 꼬리를 자른 거라면 그리고 이번 일을 계기로 이와 비슷한 일이 벌어지지 않을 거란 보장이 있습니까? 게다가 혈교라는 단체가 사실은 하북팽가에서 지어낸 거라면 어쩌겠습니까?"

혜정과 남궁세정이 서로를 바라봤다. 한치도 물러서지 않는 설전이 이어졌지만 결론은 쉽사리 나지 않았다.

오랜 시간이 걸렸음에도 결론이 나지 않고 장로회의가 끝을 맞이했다.

멸문서에는 장로들의 절반이 찬성했다. 절반은 아직 손을 대지 않았다. 장로들이 서명한 멸문서를 정리하며 남궁세정이 말했다.

"용천단을 얼마큼 신뢰하십니까?"

그 물음에 혜정이 조용히 남궁세정을 바라봤다.

남궁세정은 묵묵히 혜정을 바라보다 이내 천천히 걸어 다가갔다.

"사사로운 감정에 휩쓸리지 마십시오, 맹주님. 그리고 이번 하북팽가의 사태를 쉽게 생각하지 마세요. 지금 중원에는 마교를 뛰어넘는 더 큰 위기가 찾아왔습니다."

혜정에게 바짝 다가선 남궁세정이 귓가에 조용히 속삭였다.

"그 위기가 무서운 것은, 누가 주도하고 있는지 모른기 때문이죠."

"흐음."
남궁세정이 빠져나가고 휑하게 비어버린 회의실에 홀로 앉은 혜정이 염주를 세며 눈을 감았다.

* * *

"개방에 중앙표국과 연이 있는 자가 있어."
들려오는 무연의 목소리에 한소진이 소리가 난 곳으로 고개를 돌렸다. 어느새 다가온 무연이 한소진의 옆에 섰다.
"개방에?"
뜻밖이라는 한소진의 물음에 무연이 고개를 끄덕이며 중원상단을 바라봤다.
"상자들을 옮기기 시작했어. 하북팽가에서 보던 상자와 비슷한 상자들이야. 우연일 수도 있지만 개방 산서분타에 서신이 도착한 시기와 같아."
"시체?"
한소진의 물음에 무연이 고개를 저었다.
"모르겠어. 상자 안을 살펴보지 못했으니. 그 상자들은 산서 남쪽에 위치한 중앙표국 소속의 창고로 들어간다더군."
"창고라, 굳이?"

"여러 가능성이 있겠지만, 하북팽가 말고도 다른 곳에 쓰일 일이 있을지도 모르지."

그의 말에 한소진이 고개를 끄덕였다. 혈교가 손을 뻗은 곳이 비단 하북팽가만이 아닐지도 몰랐다.

"중원상단을 들어가는 방법은 두가지가 있어. 거래를 위해 들어가거나, 비표사로 들어가거나."

"비표사?"

그게 뭐냐는 듯 무연이 묻자 한소진이 중원상단을 보며 말했다.

"가끔 너무 진귀하거나 중요한 물건을 거래해야 할 때, 표국에 맡기기에는 불안하여 상단 자체적으로 상단물을 옮기는 이들을 비표사라 불러. 그들은 발이 빠르고 어느 정도 수준의 무공을 갖춘 자들이어야만 하지."

"비표사라. 하지만 중원상단처럼 큰 규모의 상단이면 비표사들이 넘치게 존재하는 것 아니야?"

무연의 물음에 한소진이 고개를 저었다.

"일주일 전 대부호로 유명한 용가장의 보검을 옮기던 중원상단의 비표사들이 대거 목숨을 잃었어. 일곱명의 비표사였는데, 용가장의 보검인 만큼 노리는 이들도 많았지. 대외적으로 알려진 바로는 살수집단에서 보검을 훔쳐갔다고 해. 그런데 얼마 전 중앙표국에서 용가장의 보검을 되찾아주었다더군."

그 말을 들은 무연이 묘한 표정으로 한소진을 바라보았

다. 한소진이 무연을 마주 보았다.

"나와 같은 생각 중이야?"

무연의 물음에 한소진이 고개를 끄덕였다.

"아마도."

무연의 시선이 중원상단으로 향했다.

상인으로 위장하여 거래를 하거나, 비표사로 들어가는 것이다.

둘 중에 고민을 하던 무연은 이내 고개를 저으며 세번째 방법을 생각해냈다.

"둘 다 시간이 걸리고 번거롭군. 그것보다 손쉬운 방법을 써야겠어."

"손쉬운 방법?"

"오늘 밤 중원상단주를 만나자."

말을 마친 무연의 눈이 중원상단의 가장 크고 웅장한 본당 건물을 바라봤다.

두 마리의 황금 봉황이 날개를 넓게 펼친 채 화려하고 거대한 위용을 자랑하고 있었다.

모든 잠입은 밤에 이루어진다. 어둠이 자리 잡은 곳은 시야가 제한되고, 대부분의 인원들이 취침에 들어가기 때문에 가장 취약한 시간이다.

그렇기에 한소진과 무연도 밤을 기다려야 했다. 그래서 그들은 중원상단 근처의 화풍객잔에 들렀다.

"저, 죄송하지만 방이 하나밖에 남지 않았습니다."

정말 죄송하다는 듯 말해오는 객잔 주인의 말에 무연과 한소진이 묵묵히 서로를 바라봤다.

원한 것은 두개의 방이었지만, 현재 이곳 화풍객잔에 남은 방은 하나뿐이었다.

"물론 이인 객실로 넓고 쾌적한 방입니다. 아무래도 중원상단이 근처에 있어서인지 숙박하는 상인들의 수가 비교적 많은 편입니다. 이것은 다른 객잔을 가도 마찬가지에요. 원래 이 시기에는 공실이 나는 경우가 거의 없는데. 이 객실은 기본 이인(二人)이라 남아 있는 거죠."

객잔을 포기해야 할까 하고 무연이 고민할 때 한소진이 손을 내밀었다.

"그 방으로 주세요."

열쇠를 받아든 한소진이 터벅터벅 계단을 올랐다.

무연이 뒤따라 한소진의 옆으로 다가와 물었다.

"한방을 써도 괜찮나?"

한소진이 고개를 돌려 무연을 한번 슥— 보고는 이내 다시 앞으로 시선을 돌렸다.

"어차피 잘것도 아니잖아."

그녀의 말에 무연이 고개를 끄덕였다.

그들은 땅거미가 내려앉는 밤이 찾아오면 객잔을 빠져나와 중원상단으로 향할 예정이었으니 잠을 잘 필요가 없었다.

객실로 들어선 한소진과 무연은 너무도 화사한 모습에 우두커니 문 앞에 서서 움직이지 못했다.

전체적으로 화사한, 분홍색과 노란색, 붉은색이 조화를 이루는 객실 분위기. 값비싼 비단과 오리 솜으로 만든 이불이 형형색색으로 꾸며져 그들을 맞이했다.

"흠……."

무연은 애초에 검은 무복을 입어 전체적으로 어두운 분위기였다. 그것은 여자인 한소진도 마찬가지였다.

애초에 한소진은 화사한 색으로 치장하거나 꾸미질 않았다. 무연처럼 검은 무복을 즐겨 입어 둘의 모습은 방과 상당히 대비되는 어두침침하고 칙칙한 모양새였다.

잠시 적응되지 않는 화사함에 우두커니 서 있던 둘은 각자의 자리를 찾아 나섰다.

무연은 좌식의자에 앉았고, 한소진은 원형 탁자 앞에 놓인 의자에 앉았다.

무연이 명상을 하고자 가부좌를 틀었다. 이를 보던 한소진은 원형 탁자에 놓인 작은 서책을 발견하고 집어 들었다. 보통 객실에 서책이 있는 경우는 흔했기에 호기심이 동한 것이다.

"춘화…도?"

처음 듣는 이름에 한소진이 서책을 촤르륵 펼쳤다.

콰직—!

창문이 부서지는 소리에 명상을 하던 무연이 두눈을 번쩍 떴다. 주위에 아무런 기척도 느끼지 못했는데 창문이 부서진 것이다.

놀란 무연이 부서진 창문을 바라보는 한소진을 향해 물었다.

"무슨 일이지?"

"아, 아무것도 아니야."

말을 더듬은 적 없는 한소진이 눈에 띄게 당황했다. 무연이 의아한 표정을 지었다.

한소진은 붉어진 얼굴을 애써 진정시키려 손부채질을 하면서 얼굴을 가렸다.

알 수 없는 한소진의 변화에 무연이 다시 자리에 앉았다. 붉어진 얼굴이 창피한지 고개를 돌리는 한소진을 보며 피식— 웃었다.

본래 무연은 표정의 변화가 없는 편이었다. 물론 아예 없는 것은 아니었다. 이따금씩 미소를 짓거나 장난 어린 웃음을 짓기도 했다.

그에 반해 한소진은 거의 표정의 변화가 없었다.

필요에 의해 연기를 할 때는 있었지만, 그것이 그녀의 진짜 표정은 아니었다.

그러나 그녀의 연기는 너무도 자연스러워 눈썰미가 좋은 무연을 제외하고는 그것이 연기라 생각하는 이가 없었다.

이처럼 한소진은 표정이 거의 없다시피 했다. 말수도 적은 편이었다. 필요하지 않은 말은 거의 하지 않을 만큼.

하지만 지금 한소진의 모습은 무연의 입장에서는 상당히

의외였다.

하북팽가의 지하감옥에 잠입하기 위해 한 상자에 둘이 들어갈 때도 얼굴을 붉히긴 했다. 그러나 붉어진 얼굴로 눈에 확 띌 정도의 큰 표정 변화를 보인 적은 없었다.

하지만 이를 보던 무연은 눈을 감았다.

더욱 눈에 담아두고 싶은 모습이었으나 한소진을 배려하기 위해서였다.

이러한 무연의 노력에도 붉어진 한소진의 얼굴은 해가 지기 전까지 지속되었다.

"응?"

화풍객잔의 옆을 걷던 상인은 볼썽사납게 땅바닥을 구르는 한권의 책을 발견하고 천천히 그것에 다가갔다.

"헉!"

책의 이름을 확인한 상인이 주변을 살피더니 빠르게 그것을 주웠다.

살짝 책을 열어보았더니 그 안에는 옷을 입지 않은 남녀가 서로에게 포개어져 있는 그림들이 여럿 그려져 있었다.

"지, 진짜 춘화도잖아?!"

상인은 놀라면서도 품에 급히 춘화도를 찔러넣었다.

춘화도는 화백이 누구냐에 따라 가격이 천차만별이었다.

유명한 화백의 춘화도는 은화 오십냥에도 거래가 되기도 했으니, 상인의 입장에서는 마른하늘에 돈벼락을 맞은 수준이었다.

"흐흐흐!"

음흉한 미소를 띤 상인이 평소보다 가벼워진 발걸음으로
경쾌하게 달려갔다.

* * *

늦은 밤.

서류를 정리하던 주양걸이 눈을 끔벅이며 기지개를 켰다.

편한 옷으로 갈아입은 뒤에도 잠은커녕 아직도 밀린 업
무가 산더미인지라 쉽게 잠들지 못했다.

똑─똑똑!

"누구요?"

"계춘입니다."

"오, 들어오시게."

주양걸의 허락에 계춘이라는 늙은 노인이 다과가 들린
쟁반을 들고 주양걸에게 다가가 그의 탁자에 올려두었다.

"들려오는 말에 의하면 운남표국이 현림을 무사히 넘어
갔다더군요."

"오호! 정말인가? 뭐, 현림만 무사히 넘기면 산적채로부
터 안전해졌다고 할 수 있지!"

자기 일처럼 기뻐하는 주양걸의 모습에 계춘이 미소지으
며 눈을 끔벅였다.

"또 늦게까지 업무를 보시는 겁니까? 사모님이 안 좋아하실 텐데요?"

"하하! 안 그래도 요즘 따라 나를 보는 눈빛이 심상치가 않네. 자꾸 보양식을 먹이더라고. 하하!"

"하하! 상단주님과 사모님이 같은 시간에 잠드는 경우가 적잖습니까? 게다가 요즘은 합방을 하시지도 못하시고요."

"그건 그렇지… 뭐, 그래도 이게 내 일인 걸 어찌하겠나. 아무튼 운양원 이 친구 이번 표행은 잘된 것 같은데. 다행이야."

"그러게 말입니다."

이런저런 이야기를 두런두런 나누던 계춘이 자리에 일어섰다.

"제가 상단주님의 시간을 너무 빼앗은 것 같네요. 이러다 저 쫓겨나겠습니다."

"하하! 자네가 어딜 간단 말인가. 계춘 자네는 나와 계속 함께해야 해."

"이 늙은이가 살면 얼마나 더 산다고 계속 함께한답니까?"

"하하! 계춘은 지금보다 더 오래 살 거라고."

"하하! 감사합니다. 이 늙은이 오래오래 살아야 하니 이만 들어가보겠습니다."

계춘이 떠나고 적막함이 감도는 단주실에 홀로 남은 주양걸이 밀린 업무를 돌아보며 작게 한숨을 내쉬었다.

"휴, 이놈의 업무는 끝이 안 나는군!"

서류를 뒤적이면서 한숨을 내쉬어도 주양걸의 표정은 밝았다.

운남표국이 무사히 현림을 넘어갔다는 사실 때문이다.

"운남표국주와 오랜 벗이라더니 사실이었군."

서류를 뒤적이던 주양걸이 손이 멈추었다.

처음 듣는 목소리, 기척조차 느끼지 못했다. 하지만 낯선 침입자의 등장에도 주양걸은 당황하지 않았다.

"대화를 하고자 한다면, 얼굴을 마주하고 하는게 예의 아니겠는가? 보아하니 내가 더 연배가 있어 뵈는데?"

차분한 주양걸의 말이 끝나기가 무섭게 앞머리를 길게 기르고 뒷머리는 허리까지 내려오는 검은 무복의 사내와, 검은 무복의 단발머리를 한 미모의 여인이 나타났다.

"당황하지 않는군. 역시 삼대 상단의 상단주인가?"

미소지으며 묻는 사내, 무연의 말에 주양걸이 미소지었다.

"내가 괜히 중원상단주직을 맡고 있는게 아닐세."

그의 말이 끝나자 무연이 주변을 둘러보며 말했다.

"다섯명, 수준급의 은신이군. 항상 이렇게 주변을 지키고 있나?"

주양걸의 입에서 미소가 사라졌다.

무연의 말대로 주양걸을 지키는 다섯명의 그림자들은 그의 곁에서 떠나지 않는, 보이지 않는 검이었다.

그들의 은신술과 암살 솜씨는 무림에서도 알아주는 정도였다. 무연이 제대로 보지도 않고 대충 훑어본 것으로 그들의 존재를 알아차린 것이다.

"이거 감봉해야겠군. 이렇게 쉽게 들키다니."

주양걸이 어깨를 으쓱이며 고개를 저었다.

"아니."

곧 이어지는 무연의 말에 주양걸이 의아하여 바라보았다. 무연이 재미있다는 듯한 표정으로 말했다.

"한명이 더 있군. 여섯명인가?"

그제야 주양걸의 얼굴이 한없이 굳어졌다.

"넌 누구지?"

주양걸의 질문에 무연이 진한 미소를 띠며 말했다.

"요즘 내 정체에 대해 묻는 이들이 많군."

"당장 대답하는게 좋을 거야."

싸늘하게 변한 주양걸이 살벌하게 말했다.

무연이 천천히 주양걸에게 다가갔다. 그러자 다섯명의 그림자들이 엄청난 속도로 무연을 에워싸며 검을 겨누었다.

무연의 입가에서 미소가 사라졌다.

쾅!

다섯명의 그림자가 땅에 처박혔다.

순서대로도 아닌 거의 동시에 다섯명의 얼굴이 땅에 처박힌 채 미동도 하지 않았다.

놀란 주양걸이 고개를 들어 무연을 바라봤다.

무연은 오른손의 검지와 중지를 들어 자신의 미간으로 쏘아지듯 찔러온 검날을 잡고 있었다.

투득—!

무연의 미간을 노리고 찔러온 검날이 똑— 하며 손가락에 의해 부러졌다.

검날을 부러뜨린 무연이 주양걸의 앞에 섰다. 그리고 그를 향해 무심한 목소리로 말했다.

"날 협박하지 않는게 좋을 거야."

쿵!

주양걸 뒤에 서 있던 여섯번째 그림자가 축 늘어졌다.

주양걸이 떨리는 눈동자로 바라보자, 무연이 조용히 말했다.

"난 협박당하는 게 싫거든."

"후… 그래서 날 찾아온 이유가 뭔가?"

떨려오던 주양걸의 눈동자가 차츰 진정되어갔다.

감정의 동요가 빠르게 잦아가는 모습에 무연이 흥미롭게 바라봤다.

'과연 중원상단의 상단주. 쉽게 동요하지 않는군.'

주양걸의 집무실에 놓여 있는 의자에 앉은 무연. 고개를 돌려 앞의 의자를 바라보자 주양걸이 말없이 앉았다.

그의 뒤에는 여섯명의 검은 무복 무인들이 쓰러져 있었다.

집무실에는 비상시를 대비하여 만들어둔 비상종에 달린

끈이 숨겨져 있었지만, 주양걸은 울리지 않았다.

자신의 앞에 앉아 있는 검은 무복, 검은 머리카락을 길게 풀어 기른 사내 때문이다.

암막(暗幕)의 무인들. 그들은 최고의 살수들이었으며, 최고의 호위 무사들이었다.

항상 어둠 속에 몸을 숨기고 주인을 위해 언제든 검을 뽑아냈다.

그들의 검은 빠르고 소리를 남기지 않아 보이지 않는 검이라 불렸다.

하지만 그런 자들이 난데없이 나타난 젊은 무인의 단 한 수에 쓰러졌다.

이제 와 누구를 부르든 결과는 마찬가지일 것이다. 자칫하다간 상단이 위험해질 수도 있었다.

"중앙표국과는 무슨 관계지?"

무연의 물음에 주양걸이 다소 어이가 없다는 듯 대답했다.

"당연히 상단과 표국 간의 관계지 무엇이겠나. 우리는 상단물을 제공하고, 표국은 대가를 받고 이를 옮긴다네. 그게 그들과 우리의 관계일세."

담담하게 말하는 주양걸의 두눈을 무심히 응시하던 무연이 천천히 입을 열었다.

"중앙표국에 대해 아는게 있다면 전부 말해."

"그럴 수 없네."

고개를 저으며 거부하자 무연이 은근하게 기세를 일으켰

다. 점점 온몸을 압박해오는 무연의 기운에 주양걸이 숨을 헐떡였다.

그래도 말할 생각은 없는지 고개를 젓자 무연이 말했다.

"네가 말하지 않으면 나는 오늘 내로 중원상단을 지워버릴 거다."

"마, 맘대로… 해라! 나는 중원…상단주 주양걸이다! 신뢰란 상인의 모든 것이야!"

버럭버럭 외치는 주양걸의 모습에 무연이 기세를 거두었다. 주양걸이 급히 숨을 헐떡이며 몰아쉬었다.

"하악, 하악!"

급히 숨을 몰아쉬는 주양걸의 앞으로 무연이 다가갔다.

비록 기세를 끌어올리지 않아 몸에 대한 압박은 느껴지지 않았지만, 주양걸은 심장이 조여드는 느낌을 받았다.

공포, 어찌할 수 없는 미지의 힘이 자신에게 다가오는 듯 느껴졌기 때문이다.

"자신의 것을 그리 쉽게 저버리지 마라."

뼈가 느껴지는 무연의 말에 주양걸이 고개를 들어 바라보았다. 무연이 무심한 눈으로 주양걸을 내려다보다 시선을 돌려 집무실의 창가를 바라봤다.

"중앙표국이 무인들을 써서 운남표국의 표행을 방해했다. 산적으로 위장시킨 무인들로 운남표국을 습격한 것이지. 때문에 운남표국은 번번이 표행에 실패했고, 이번 표행에서도 중앙표국에 의해 운남표국의 보표들이 모조리

죽을 뻔했지."

"무슨 소리를?! 중앙표국이 그럴 리 없다."

고개를 저으며 강하게 부정하는 주양걸에게 잠자코 있던 한소진이 말했다.

"더 나아가 자신들의 정체가 밝혀지자 표국주인 운양원과 그의 딸인 운유린을 죽이려 했지."

무연과 마찬가지로 감정이 별로 느껴지지 않는 한소진의 차가운 목소리에 주양걸이 그녀를 바라봤다.

표정이 전혀 없는 차가운 인상의 미녀. 주양걸이 떨리는 눈동자로 그녀를 바라봤다.

"그걸… 너희가 어찌 알지?"

"우리가 운남표국의 보표로 위장해 그들을 만났으니까."

"보표로 위장해?"

주양걸이 의아하여 한소진을 향해 묻자 무연이 고개를 끄덕였다.

"우린 중앙표국에 대해 조사 중인 무림맹 용천단 소속 무인들이다. 하지만 그러던 중 오대 표국인 운남표국이 겨우 산적에 의해 표행에 번번이 실패한다는 말을 들었다. 그래서 보표로 위장해 산적의 정체를 파악하려 했지."

"무, 무림맹에서 중앙표국은 왜?"

"하북팽가에서 벌어진 일련의 사건들을 삼대 상단의 주인인 네가 모르진 않겠지?"

무연의 물음에 주양걸이 숨김없이 고개를 끄덕였다.

"정확하지는 않지만, 하북팽가에서 금기로 여겨지는 행위를 했다는 것은 알고 있네. 그 때문에 하북팽가가 멸문의 위기에 처했다는 얘기는 들었네."

"하북팽가에서 벌어진 일에 중앙표국이 관여했다."

상황이 심상치 않게 돌아가는 것을 느낀 주양걸의 얼굴이 굳어졌다.

그를 보던 무연이 주양걸을 내려다보며 말했다.

"우리는 하북팽가의 사건과 중앙표국이 어떤 관계가 있는지 알아내려 한다. 그리고 그 도움을 네가 줄 수 있을 것 같은데."

잠시 고민하던 주양걸이 무연과 한소진을 번갈아 보았다.

전혀 다른 얼굴이지만 비슷한 분위기를 풍기는 두사람의 모습에 주양걸이 작게 숨을 내쉬었다.

"하, 내가 어찌 도와주면 되겠나?"

결국 돕기로 마음을 먹은 주양걸에 무연이 나지막이 말했다.

"중앙표국주를 만나게 해줘."

범과 여우

"잠깐, 물어볼게 있어."

주양걸의 협조를 얻어낸 후 중원상단을 빠져나온 무연을 향해 한소진이 말했다.

등 뒤에서 들려오는 한소진의 말에 무연이 신형을 돌려 그녀를 바라보았다. 그녀는 무연을 향해 똑바로 서서 입을 열었다.

"너는… 얼마나 강하지?"

한소진은 궁금했다. 무연의 강함이.

무신 무소월의 제자임을 알게 된 후로 그가 팽우영과 단신으로 맞붙은 것을 이해할 수 있었다.

비록 싸움에선 이길 수 없었는지 팽우영이 먼저 모습을

드러냈지만, 애초에 하북팽가주와 대등하게 맞붙었다는 사실만으로도 그는 나이에 비해 상당한 강한 것이 분명했다.

중원상단주 주양걸과의 일로 인해 한소진은 무연을 다시 보게 되었다.

그녀 역시 주양걸의 곁에서 그를 지키는 이들이 있음을 어렴풋이 알아차렸다.

온 정신을 집중하지 않았다면 놓쳤을 만큼 그들은 은신술에 능했다. 주양걸에게 다가간 무연을 막기 위해 다섯 명의 그림자가 검을 겨누었을 땐, 그들의 신속함에 내심 감탄했다.

하지만 한소진이 충격에 빠진 것은 그 다음이었다.

단 일수(一手). 한번의 손짓만으로 다섯 명의 그림자가 땅에 처박혔다.

둥글게 무연을 둘러싼 모양새였는데, 그것은 아무런 방해도 되지 않았다.

게다가 마지막. 무연의 미간을 노리고 찔러온 어둠 속의 검.

이는 한소진이었다면 꼼짝없이 당했을 만큼 빠르고 은밀했다. 피할 수조차 없을 만큼 빠른 검. 그러나 무연은 그보다 더 빨랐다.

"누구를 대상으로 하냐에 따라 다르다."

무연의 말에 한소진이 지체 없이 대답했다.

"모든 무인들."

포괄적이고 광범위한 기준. 그럼에도 무연은 별다른 고민 없이 말했다.

"세 명."

"세 명?"

"현재의 내가 못 이기는 무인들의 수다."

말을 마친 무연이 걷기 시작했다.

그의 대답을 들은 한소진은 멀어져가는 무연의 뒷모습을 묵묵히 바라봤다.

"세…명."

주먹을 말아쥔 한소진은 한동안 가만히 서 있었다.

* * *

"절반이 죽었다고?"

"그렇습니다……."

중앙표국으로 돌아온 구주양의 표정은 심히 좋지 못했다.

운남표국의 표행을 막지 못한 것도 기분 나쁜 일이거늘, 실패한 걸로도 모자라 보냈던 오십명의 무인 중 돌아온 무인은 열다섯명 남짓이다.

얼마나 겁에 질렸는지 살아남은 몇몇의 무인들은 아예 표국으로 돌아오지 않았다.

게다가 공우는 죽었고, 유사시를 대비하여 보냈던 암수도 돌아오지 못했다.

암수가 제 시간에 돌아오지 못했다는 것은 곧 죽음을 의미했다.

"어처구니가 없군! 오십명의 일류무인이 단 한명에 의해 절반이 죽고, 몇명은 도망을 쳐?"

자신이 말하고도 어이가 없는 듯 구주양이 고개를 절레절레 저었다. 답답한 듯 길게 한숨을 내쉬었다.

"그것도 모자라 그놈들이 중앙표국의 짓이란 걸 미리 알고 있었다고?"

"그렇습니다. 신원을 밝히지 않은 사내가 저희의 존재를 이미 아는 듯했습니다. 게다가 그의 손에 의해 절반가량의 무인이……"

"느낌이 좋지 않아……."

느낌이 좋지 않았다. 표국주의 임무를 맡은 구주양은 상계에 능했고, 눈치가 빠르며 꽤나 영민한 두뇌를 가지고 있었다.

이번 사건을 통해 등 뒤가 서늘한 느낌을 받은 구주양은 시간이 없음을 깨닫고는 재빨리 외쳤다.

"창고에 보관 중이던 상자를 모두 옮겨라! 느낌이 좋지 않아."

"하지만 수가 너무 많습니다. 쉼 없이 옮긴다 해도 이틀은 족히 걸립니다."

"누가 그걸 몰라?! 최대한 빨리 옮기란 말이다! 표사들에게도 말해. 밤을 새워서라도 내일까지는 상자를 모조리 옮기라고!"

성난 목소리로 외친 구주양이 거친 숨을 몰아쉬며 서신을 말아쥐었다.

"개같은 놈들. 하북팽가의 일은 어찌 알아차리고! 아무래도 교와 연락을 해야겠다. 이대로는 우리 표국의 존망이 위태로워진다. 어쩌면 사혈문 꼴이 날 수도 있겠어!"

구주양이 분주하게 움직였다.

그 역시 사혈문의 멸문을 두눈으로 봤기 때문에 지체할 시간이 없었다.

상자를 무림맹에 들키더라도 표국이기 때문에 상단물을 옮긴 거라 둘러댈 수 있었지만, 문제는 누구의 상단물이냐는 것이다.

"으으, 제기랄!"

누군지 모를 사내를 떠올리며 구주양이 빠르게 걸었다.

*　*　*

"정말 이렇게만 하면 되겠나?"

주양걸의 물음에 무연이 고개를 끄덕였다. 그들은 지금 중원상단의 상단복을 입고 있었다.

그건 한소진도 마찬가지였다.

살짝 불안한 눈으로 무연과 한소진을 바라보던 주양걸이 결심한 듯 말했다.

"휴. 쇠뿔도 단김에 빼라 했던가. 지금 바로 가겠네."

"좋아."

중원상단을 빠져나온 주양걸이 빠르게 나아가며 금색 도포를 휘적거렸다.

주양걸의 뒤를 따라 무연과 한소진이 중앙표국으로 향했다.

"표국주님. 중원상단주 주양걸님이 찾아왔습니다."

퀭한 눈으로 업무를 보던 구주양이 살짝 놀란 눈으로 집무실로 들어온 표사를 보며 고개를 기웃거렸다.

"주양걸? 그자가 이렇게 이른 시간에 왜? 일단 들이거라."

"예."

명을 받은 표사가 집무실을 빠져나가고 얼마 뒤, 주양걸이 금색도포를 반짝이며 모습을 드러냈다.

"이른 시간에 미안합니다. 표국주님."

"아닙니다. 상단주님의 방문은 항상 환영이지요."

웃으며 맞이하던 구주양의 표정이 살짝 굳어졌다.

주양걸의 뒤에 바짝 붙어 나타난 두명의 남녀 때문이다.

여인을 확인한 구주양이 눈을 살짝 크게 뜨며 얼굴을 천천히 살폈다.

중원상단의 앞에서 보았던, 보기 드문 미모의 여인이 지금 그의 앞에 나타난 것이다.

"뒤에 계신 분들은?"

구주양의 물음에 주양걸이 신형을 돌리며 미소지었다.

"아, 이쪽은 무명 그리고 이쪽 여인은 하명입니다. 오늘부터 우리 중원상단에서 일하게 될 상단원이죠."

"아아. 그렇군요. 반갑네."

구주양이 노골적으로 한소진을 향해 손을 내밀었다.

덥석—

손을 잡아오는 크고 거친 손길에 구주양이 얼굴을 살짝 굳혔지만, 곧 미소를 지으며 손을 흔들었다.

"저도 반갑습니다."

손을 잡은 이는 무명이라는 사내였다. 구주양은 하명이라는 여인의 손을 잡고 싶었다.

그녀의 하얗고 고운 손길을 느껴보고 싶었는데 대뜸 무명의 손이 빠르게 다가와 그의 손을 잡아챈 것이다.

"흠흠. 그래서 주양걸님은 어쩐 일로 오셨습니까? 하남으로 가는 표행건은 이미 계약한 것이 아니었습니까?"

"아, 의뢰 때문에 온 것이 아닙니다. 여기 있는 무명과 하명은 제 보좌관으로서 상단 일을 배울 예정인지라, 상단과 밀접한 관계인 표국을 보여주고 싶었습니다. 어쩌면 무례한 부탁일 수도 있지만 제 보좌관이 될 이들에게 표국을 구경시켜주실 수 있겠습니까?"

"물론이지요. 어려운 부탁도 아닙니다."

지금처럼 어수선한 분위기에 표국 구경이란 걸 시켜준다는 것 자체가 마음에 들지 않았지만 구주양은 겉으로 표내지 않았다.

중원상단의 중요성을 이미 알고 있었기에 어떻게든 그의 마음을 상하게 하지 않고 환심을 얻기 위함이었다.

"차입니다."

집무실로 들어온 지충우가 찻잔을 주양걸과 무명, 하명에게 건넸다.

지충우가 찻잔을 돌리는 사이, 그의 뒤에 있던 표사가 차를 따르기 위해 다관을 들고 주양걸에게 다가갔다. 찻잔에 차를 따르고 이어 무명의 찻잔에 차를 따르기 위해 신형을 돌렸다.

"흡!"

표사가 들고 있던 다관이 심하게 요동치며 차가 식탁에 뿌려졌다. 구주양이 인상을 쓰며 표사를 바라봤다.

"뭐하는 거야?!"

"죄, 죄송합니다."

고개를 떨군 표사가 심하게 손을 떨었다. 지충우가 다관을 빼앗아들고는 표사를 뒤로 보냈다.

"죄송합니다. 저 녀석이 요새 잠을 못 자서 그런지 제정신이 아닌가 봅니다."

지충우가 고개를 숙이며 사과를 전한 뒤 무명의 찻잔에

차를 따랐다.

향긋한 차향이 가득 피어오르자 무명이 살짝 미소를 지었다.

"차향이 좋군요."

"중앙표국에서는 손님께 항상 귀한 차를 대접…….."

무명의 칭찬에 지충우가 미소를 지으며 바라보는 순간, 그의 눈동자가 심하게 요동쳤다.

하지만 표사처럼 다관을 떨어 차를 흘리진 않았다. 바로 신체를 진정시켰다.

"중앙표국에선 손님을… 절대 섭섭하게 대하지 않습니다."

다시금 미소지으며 말을 마친 지충우가 하명의 찻잔에 마저 차를 따른 뒤 빠르게 물러섰다.

그들의 이상한 모습에 구주양이 인상을 쓰다가 무명을 바라봤다.

이상하게도 지충우와 표사가 무명을 본 순간 몸을 떨었기 때문이다.

앞머리를 길게 길러 얼굴의 반을 가린 모양이었다.

'이상한 녀석이군, 앞머리를 왜… 앞…머리?'

뭔가 의아함을 깨달은 구주양이 급히 지충우와 표사를 바라보았다. 지충우가 고개를 살짝 끄덕였다.

구주양의 시선이 다시 무연에게로 향했다. 무연은 여전히 차를 음미하고 있었다.

'영악한 놈. 중앙표국으로 들어오기 위해 주양걸을 끌어들인 건가!'

구주양이 조용히 이를 갈았다. 무명이란 사내의 정체를 알아차린 것이다.

그는 일부러 주양걸과 중앙표국을 들어온 것이다.

그들이 주양걸을 상대로 어쩌지 못한다는 것을 알고 있었기 때문이다.

현림에서의 일을 들먹일 수도 없었다.

말 그대로 절대 중앙표국으로 들여선 안 될 자가 표국에 들어왔음에도 쫓아낼 방법이 없었다.

"아차. 그러보니 주양걸님, 오늘은 중요한 계약이 있어 아무래도 표국을 보여드리는 건 다음으로 미루어야겠습니다."

정말로 미안하다는 듯 구주양이 말하자 주양걸이 슬쩍 무명을 바라봤다.

주양걸은 무명이 중앙표국으로 오기 전 했던 말이 떠올랐다.

"내 정체를 알아차려도 나를 어쩌지 못할 거다. 네 존재 때문이지. 그럼 그들이 취하는 행동은 하나다. 사정이 있어 표국 구경은 나중에 시켜주면 안 되겠냐고 할 것이다."

"그럼 어쩌면 좋겠나?"

"물러서지 말고, 상단물을 어떻게 받아 나르는지만 보여달

라고 해. 상단물이 모여 있는 표국 창고가 있을 거야. 우릴 그 곳으로 안내해달라고 해."

기억을 더듬던 주양걸이 다시 시선을 돌려 구주양을 향해 말했다.

"뭐, 그렇다면 어쩔 수 없지요. 그래도 여기까지 먼 걸음을 했으니 하나만 보여줄 순 없겠습니까?"

"어떤걸 말입니까?"

"표국 창고에서 상단물이 어느 식으로 표행에 나서는지 보여주실 수 있습니까?"

가벼운 미소를 짓는 주양걸의 물음에 구주양이 잠시 고민하는 듯하다 이내 고개를 끄덕였다.

"알겠습니다. 그 정도도 못해드리겠습니까? 하하! 나가시죠."

구주양의 말에 주양걸과 무명, 하명이 자리에 일어나 집무실을 빠져나갔다.

구주양이 집무실을 빠져나가며 지충우를 향해 조용히 속삭였다.

"무인들을 모아."

"주양걸은 어쩔 셈입니까?"

"그도 어렴풋이 알고 있는 모양이다. 이미 틀어졌으니 되돌릴 수 없어. 주양걸도 함께 죽인다."

"하지만……."

"대신, 죽인 이는 우리가 아니라……."

말끝을 흐리며 자신을 바라보는 구주양에 지충우가 그의 뜻을 알아듣고 고개를 끄덕였다.

"암수를 준비하겠습니다."

* * *

"이쪽으로 오십시오."

구주양이 손짓하며 주양걸과 무명, 하명을 이끌었다.

구주양의 이끌림에 도착한 곳은 중앙표국의 창고였다.

엄청난 양의 상자가 분주하게 표사들의 손에 의해 옮겨졌다.

상자들의 모양은 하나같이 똑같았다. 이미 많이 본 무명은 상자들을 천천히 둘러보았다.

"이쪽이 바로 저희 표국의 창고입니다. 다른 표국들과는 차원이 다른 크기를 자랑하죠. 하하!"

"정말로 상당한 규모이군요."

무명이 감탄하며 물었다. 구주양이 잠시 무명을 바라보았다.

그의 시선에 무명 역시 구주양을 바라봤다. 무명의 은근한 미소에 구주양이 마주 미소지었다.

"이런 규모의 창고를 가진 표국은 드물죠, 하하."

"맞습니다. 대단하군요. 그런데 왜 이렇게 넓은 창고

에… 시신을 넣어두신 겁니까?"

지나가듯 가볍게 건넨 무명의 말에 웃고 있던 구주양과 그의 곁에 있던 주양걸의 얼굴이 한없이 굳어졌다. 하지만 구주양은 빨랐다.

"하하! 시신이라니? 그건 무슨 농인지 모르겠군."

"하하! 농입니다. 마치 상자들이 하나같이 관처럼 생겨서 말입니다."

무명이 호탕하게 웃으며 말했다. 구주양이 마주 웃으며 무명을 바라봤다.

서로를 보며 웃던 두 사람 중 먼저 멈춘 것은 무명이었다.

"개방이 제가 오늘 올 것임을 알려주지 않은 모양입니다?"

웃음을 멈추고 미소를 지으며 묻는 무연. 구주양이 웃음기가 싹 가신 얼굴로 무명을 바라봤다.

구주양은 더 이상 웃지 않았다.

"무슨 말인지 모르겠군. 지금 나랑 장난……."

무명을 향해 성을 내던 구주양이 입을 다물었다.

천천히 오르는 무명의 기세에 의해 구주양은 살면서 느껴본 적 없는 거대한 살기를 느꼈다.

식은땀이 이마에서 흘렀다. 두 다리가 창피한 줄도 모르고 마구 떨리기 시작했다.

진정하려 가슴을 두드리려 했지만, 손끝이 떨려와 그마저도 힘들었다.

"내가⋯⋯."

미소를 지운 무명의 입에서 싸늘한 목소리가 흘러나왔다.

"장난하는 것으로 보이나?"

더욱 짙어지는 살기에 구주양이 침을 꿀떡 삼키며 파르르 떨리는 몸을 주체 못했다. 입만 간신히 열었다.

"네놈은⋯대체 누구냐."

"무연. 무림맹 용천단의 부단주다."

"더, 덮쳐!"

말이 끝나기가 무섭게 구주양이 무연을 향해 손짓했다. 중앙표국의 무인들이 여기저기서 모습을 드러내며 검을 뽑아냈다.

이백여명이 넘는 인원이 무연과 한소진, 주양걸을 에워쌌다.

"용천부단주 무연! 네 발로 무덤으로 들어왔구나."

무인들의 등장에 무연의 살기가 조금 옅어졌다. 숨통이 트인 구주양이 무연을 향해 삿대질했다.

의기양양해진 구주양을 향해 무연이 미소지었다.

구주양은 그 미소가 상당히 불길하게 느껴졌다.

분명 수적으로 무연을 압도했다. 일류급 무인들이 이백여명이 이곳에 있었고, 그의 손짓에 무연을 갈기갈기 찢어놓을 것이다.

게다가 보이지 않는 암수들이 곳곳에서 무연을 노릴 터

이니 절대로 이곳을 살아서 빠져나갈 수 없었다.

그러나 불길함은 점점 커졌다.

"죽여, 당장!"

불안감과 두려움을 참지 못한 구주양이 외쳤다.

그의 불안과 초조함이 가득 담긴 외침이 끝나기가 무섭게 이백여명의 무인들이 일제히 무연을 향해 달려들었다.

상단원으로 위장했기 때문에 무기가 없던 한소진이 주변을 돌아봤다.

획―!

뭔가가 날아드는 소리에 한소진이 고개를 돌리자 그녀를 향해 검 한자루가 날아들었다.

무연이 건넨 검이었다. 어느새 무연의 손에는 의식을 잃은 무인의 목을 잡혀 있었다. 그야말로 눈 깜짝할 사이였다.

"이놈!"

중앙표국의 보표 중 한명이 무연을 향해 검을 찔러넣었다. 군더더기 하나 없는 깔끔한 일격이었다.

카앙―!

정확히 노리고 찔러 들어가던 검이 무연의 등 바로 앞에서 튕겨나갔다.

무연의 신형이 흐릿하게 변하더니 별안간 오른쪽에서 모습을 보인 무연이 검을 쳐낸 것이다.

"크윽!"

손바닥이 찢어져 피가 튀어오르자 보표가 인상을 썼다.

단 한수에 손바닥이 찢어질 정도라는 사실에 충격을 받은 것이다.

그러나 그가 받을 충격은 그것이 끝이 아니었다.

꾸욱!

쳐낸 검신을 무연이 맨손으로 부여잡자 보표가 인상을 쓰며 무연을 바라봤다.

"미친놈!"

맨손으로 검신을 잡게 되면 손가락이 베여 잘려나간다.

너무도 당연한 이치이기 때문에 보표는 망설임 없이 검을 무연의 손에서 뽑아내려 했다. 하지만 검이 꿈쩍도 하지 않았다.

"미, 미친!"

도리어 무연의 힘에 의해 자신이 끌려가자 보표가 눈을 동그랗게 뜨고 바라봤다.

맨손으로 검신을 잡고 끌어당긴 무연의 무릎이 보표를 올려쳤다.

"컥!"

보표의 턱이 수직으로 튕겨 올랐다.

우득—! 소리가 함께 나는 걸로 보아 턱이 부서진 듯했다.

보표가 정신을 잃고 검을 놓자 무연이 검을 한바퀴 돌리며 손잡이를 잡았다.

"이, 이년이… 커억!"

한소진의 빠른 검에 의해 가슴이 베인 보표가 뒤로 쓰러졌다.

충분한 내력을 끌어올리지 않았음에도 한소진의 검은 빠르고 매서웠다.

한번, 한번의 휘두름이 모두 급소를 노리고 있었기에 한소진을 상대하는 보표들은 제 목숨을 지키기 위해 방어에만 급급할 뿐 공격을 하지 못했다.

'검?'

보표들과 싸우던 한소진이 무연을 슬쩍 바라봤다.

무연은 항상 맨손으로 싸웠다. 한소진은 그것이 무연이 권사이기 때문이라 생각했다.

하지만 무연이 검을 들었다. 검을 든 모습이 처음임에도 한소진은 검과 무연이 낯설지 않다고 느꼈다.

"한번만 말한다. 앞으로 딱 열명을 죽일 것이다. 만약 내가 열명을 죽이고도 남아 있는 이가 있다면…….."

무연이 이백여명의 무인들을 돌아보며 말했다.

"그놈 역시 내 손에 죽는다."

오연하게 서서 꺼낸 무연의 말에 검을 뽑아들고 다가온 지충우가 콧방귀를 꼈다.

"흥! 네놈이 제아무리 강하다고 한들 이백여명의 일류 무인들을 전부 죽이겠다고? 이놈이 무공실력은커녕 허세만 잔뜩 키운 모양이구나."

무인들이 동요치 않게 지충우가 발 빠르게 나서서 말했다. 무연이 무심한 눈으로 지충우를 바라봤다.

"하나."

"뭐……?"

츠아악——!

지충우의 목이 허공을 날았다.

툭——툭——

목과 분리되어 떨어진 지충우의 머리가 땅을 구르자 모두가 멍하니 머리와 머리가 없어진 신체를 번갈아보았다.

대체 무슨 일인지 이해가 되지 않았다.

분명 지충우는 살아 숨 쉬고 있었다. 그의 머리도 온전한 모습으로 목에 붙어 있었다.

하지만 무연이 무심하게 툭 던진 '하나'라는 말이 끝나는 순간 지충우의 머리와 목이 분리되었다.

지충우의 바로 옆에는 무연이 피 묻은 검을 든 채 주변을 돌아보고 있었다.

"둘."

"으아아악!"

무인들이 미친 듯이 도망치기 시작했다.

누구도 지충우가 죽는 모습을 본 이가 없었다.

번개 같은 참격. 공간을 뛰어넘듯 움직인 무연의 참격을 막아낼 수 있는 이는 이곳에 없었다.

"도, 돌아와! 우린 이백명이야! 겨우 한명에게 쫄아 도망가는 것이냐!"

구주양이 급히 외쳤지만 누구도 돌아오는 무인이 없었다.

그들은 수적 우위를 믿었지만 자신이 두번째가 되기를 원하는 이는 없었다.

"크윽!"

검을 주운 구주양의 시선이 주양걸에게로 향했다.

시선을 느낀 주양걸이 고개를 돌려 구주양을 바라봤다.

구주양이 발 빠르게 움직여 주양걸의 등 뒤로 돌아갔다.

"큭! 이, 이게 무슨 짓인가?!"

"닥쳐! 네놈이야말로 저놈을 데려오지 않았냐!"

주양걸의 목에 검을 겨눈 구주양이 눈매를 좁힌 채 무연을 바라봤다.

"이놈이 죽지 않길 원한다면 검을 버려!"

주양걸을 인질로 삼은 구주양의 모습에 무연이 아무 감정도 느껴지지 않는 눈으로 바라봤다.

"네겐 두가지 선택지가 있다. 구주양."

"뭐?"

"하나는 이곳에서 내게 죽는 것이고. 하나는 얌전히 무림맹으로 끌려가 용천단에게 조사를 받는 것이지."

무연의 제안에도 구주양은 검을 내려놓지 않았다.

주양걸을 놔주는 순간이 자신이 죽는 순간임을 잘 알고 있었기 때문에 필사적으로 그를 잡고 있었다.

"미친놈! 그걸 내가 어찌 믿고!"

"혈교는 너를 살려두지 않아. 사혈문을 너도 겪어봤을 텐데."

"크으……."

무연의 말에 구주양이 인상을 굳혔다.

말 그대로 혈교는 실패를 용서하지 않는다.

한번의 실패는 죽음 혹은 멸문이었다.

무연을 죽이고 사건을 중앙표국 내에서 해결하지 못한다면 구주양의 죽음은 기정사실이었다.

"제기랄… 본교에 대해서도 알고 있는 게냐?"

구주양이 동요하는 모습을 보이는 순간 무연의 신형이 흐릿해졌다.

푸욱—!

구주양의 두눈이 더할 나위 없이 커졌다.

"허억……!"

피가 구주양의 귓불을 타고 흘러내렸다.

무연의 검이 구주양의 머리 바로 옆을 빗겨나가 그의 뒤를 찔렀기 때문이다.

뒤이어 누군가 스르륵— 하고 쓰러지는 소리가 들려왔다.

구주양이 떨리는 눈동자로 뒤를 돌아보았다. 그곳에는 몸에 달라붙은 검은 밀복을 입은 자가 무연의 검에 의해 미간이 꿰뚫려 죽어 있었다.

"봤나? 이미 혈교는 너를 숙청하기 시작했어."

바로 앞으로 다가와 말하는 무연에 구주양이 고개를 끄덕였다.

"가, 가겠네. 맹으로 데려가주게!"

"그 전에 상자는 누구에게 조달받은 거지?"

구주양이 주양걸을 놔주었다. 주양걸이 급히 구주양에게서 떨어졌다.

구주양의 앞으로 무연이 다가갔다.

"상자는… 본교에서 조달받는다. 우리는 그것을 명받은 곳으로 옮기는 역할을 했지."

"하북팽가 말고 상자를 옮긴 곳이 있나?"

"없, 없어."

무심하게 쏘아져오는 무연의 시선에 구주양의 눈이 마구 떨렸다.

"혈교의 목적은 뭐지?"

"네, 네놈도 어렴풋이 알고 있지 않나?"

"무림맹의 세력을 약화시키는 것?"

"그래… 커억!"

목에서 느껴지는 엄청난 거력에 구주양이 공중에 들려 발을 버둥댔다.

구주양의 목을 잡아챈 무연이 싸늘한 눈으로 말했다.

"그리 간단하지 않을 거야. 너같은 놈도 알고 있을 정도면 진짜 목적은 따로 있겠지."

"나, 커억! 나, 난 몰라!"

컥컥—대며 간신히 말하는 구주양에 무연이 고개를 끄덕이며 내려놓았다.

지상에 내려온 구주양이 연신 목을 문지르며 숨을 골랐다.

"지금부터 맹으로 돌아갈 때까지 절대로 내 옆에서 벗어나지 마라. 죽기 싫으면."

"아, 알겠어."

구주양이 쓰러져 있는 밀복의 무인을 바라보며 고개를 저었다.

"어서 가자고. 교에서 언제 사람을 보낼지 몰라!"

"진정해. 나와 있을 땐 죽지 않아. 그리고 표사들을 시켜서 이 상자들을 맹으로 보내."

"잠, 잠깐. 그러면 나는… 맹에서 죽잖아!"

"이대로 있다간 넌 내 손에 죽거나, 혈교에 의해 죽겠지. 하지만 맹에 모든걸 자백하고 혈교를 인정한다면 사형은 피할 수 있을 거다. 옥살이는 면치 못하겠지만."

자신을 기다리는 끔찍하기만 한 미래에 구주양이 눈을 질끈 감았지만, 이내 고개를 저었다.

"똥밭에 굴러도 이승이 낫다 했으니… 어쩔 수 없지."

모든걸 체념한 구주양이 표사들을 시켜 상자들의 목적지를 맹으로 바꾸었다.

잠자코 지켜보던 주양걸이 무연에게 다가왔다.

"이게 대체 무슨 일인지… 난 이만 가봐도 되겠나?"

진이 다 빠진 듯 주양걸이 피곤한 얼굴로 묻자 무연이 고개를 끄덕였다.

더 이상 주양걸은 필요없었다.

확신이 필요해서 주양걸을 대동해 중앙표국으로 들어왔다. 모든걸 알아낸 이상 주양걸이 있어봤자 방해만 될 뿐이다.

미련 없이 보내준 무연은 다가오는 한소진을 바라봤다.

"개방에 관한건?"

한소진이 조용히 물었다.

무연이 말없이 구주양을 바라보자, 한소진이 알겠다는 듯 고개를 끄덕였다.

"구주양을 이용하려는 거야?"

"혈교는 무조건 구주양을 죽이려고 할 거야. 만약 맹에 혈교와 관련된 자가 있다면 누구든 모습을 드러내겠지. 개방이 되었든… 장로가 되었든."

* * *

"부단주님은 언제 오실까요?"

지루한 듯 도를 꺼내 들어 가볍게 휘두르던 장현이 묻자, 백아연이 어깨를 으쓱했다.

"글쎄, 그래도 이번주 내로 돌아오시지 않을까?"

"흐음. 한 소저와 보름 동안의 여행이라."

장혁이 도를 손질하며 은근하게 말했다.

장현이 휘두르던 도를 도집에 넣으며 장혁을 향해 다가왔다.

"다 큰 성인 남녀가 보름간 함께한다니……."

장현이 말끝을 흐리자 듣던 백아연의 얼굴이 금세 붉어졌다.

그들의 말을 잠자코 듣고 있던 이범이 피식 웃었다.

"무연과 한소진? 흐음, 글쎄. 내 생각엔 둘이서 아무런 일도 없었을 것 같군."

이범의 말에 모두가 조용히 공감하며 고개를 끄덕였다.

"하긴, 왠지 부단주님과 한 소저는 뭐랄까… 오로지 목적을 위해서만 움직일 것 같은?"

"맞아. 맞아."

장혁이 웃으며 장현의 말에 공감했다.

용천단원들은 무연과 한소진이 조용하고 말이 별로 없으며 필요에 의한 행동을 제외하고는 별다른 움직임을 보이지 않는다는 걸 잘 알고 있었다.

"하지만 만약 목적이……."

다시금 말끝을 흐리자 장혁이 웃으며 장현의 어깨를 마구 쳤다.

"하하! 어마어마한 일이 벌어질지도 몰라!"

"그만들 해."

백아연이 붉어진 얼굴로 타일렀다.

장현이 장난기 가득한 얼굴에서 음흉하기 짝이 없는 얼굴로 바뀌어 낮고 간드러진 목소리로 말했다.

"객잔에 들어갔는데 남은 객실은 하나, 하지만 사람은 둘. 할 수 없이 하나의 객실에 들어가게 된 부단주님과 한 소저는 서로에게 미묘한 감정을 느끼고 결국!"

신나서 다음 말을 이으려던 장현이 말을 멈추었다.

그를 보는 시선에 경악과 불안, 초조, 걱정이 묻어 있었기 때문이다.

"결국?"

궁금하다는 듯 묻는 목소리에 장현이 얼굴을 굳혔다.

익숙한 목소리. 지금만큼은 절대로 듣고 싶지 않은 목소리였다.

장현이 고개가 서서히 뒤로 돌아갔다.

"부…단주님?"

무연이 장현의 한참 위에서 그를 내려다보고 있었다. 아무런 감정도 느껴지지 않는 무심한 두눈으로.

"아, 아니. 사실은 그게 아니고……."

"결국?"

되묻는 무연의 물음에 장현이 울상 지으며 고개를 떨구었다.

"그, 그냥 죽이십시오."

"그러지."

"아니, 잠, 잠깐 자, 장난이… 끄악!"

장현의 신형이 저 멀리 널브러졌다. 무연의 자비 없는 손길은 장현에게도 예외는 아니었다.

그리고 무연의 뒤로 한소진이 들어왔다.

오랜만에 보는 그들의 모습에 백아연이 무연과 한소진에게 다가갔다.

"오랜만이에요. 부단주님."

화사하게 웃으며 말하는 백아연에 무연이 고개를 살짝 끄덕였다.

"한 소저도 오랜만이…….."

"응."

여전히 짧은 대답이었지만, 백아연은 어쩐지 한소진의 얼굴이 조금 붉게 변한 것 같았다.

하지만 한소진의 표정변화가 너무도 빨라 백아연은 고개를 저으며 눈을 끔벅였다.

'잘못 봤나?'

백아연이 고개를 갸웃하는 동안 한소진의 뒤를 이어 한명의 남자가 모습을 드러냈다.

"누구?"

백건이 처음 보는 중년남자에 무연을 향해 물었다.

무연이 돌아보지 않고 대답했다.

"구주양. 중앙표국의 표국주다. 무림맹으로 압송할 거고."

"이자 때문에 우리를 이곳에서 대기하라고 한 건가?"

백건이 궁금하여 묻자 무연이 고개를 끄덕였다.

"그래."

무연의 대답에 백건이 조용히 바라봤다. 보면 볼수록 신기한 자였다.

무연은 양소걸에게 서신을 남기면서 용천단에게 지시를 내렸다. 하남과 산서를 잇는 길목에서 용천단을 대기하라고 한 것이다.

마차를 함께 대동하라고 했는데, 이후로 중앙표국주를 잡아온 것이다.

"일이 이렇게 될 것임을 알고 있었던 건가?"

백건의 물음에 무연이 조용히 바라보다가 고개를 끄덕였다.

"그래. 살아 있든지, 죽었든지간에 구주양을 데려올 생각이었다."

거침없는 대답에 구주양이 인상을 굳히며 바라봤지만, 무연은 전혀 신경 쓰지 않았다.

백건은 묘한 표정으로 무연을 바라봤다.

'자신감인가. 어떤 식으로든 자신은 실패하지 않는다는?'

백건은 새삼스럽게 무연을 바라보고 있었다.

시간이 지나며 무연의 진가가 드러날수록 점점 더 그에 대해 알 수가 없었다.

강함의 정도도, 생각의 깊이도 도저히 가늠되지 않았다.

'왜?'라는 물음이 나오지도 않았다. 결국 그의 말이 맞았으니까.

물론 그것을 가능케 하는 것은 그의 강함과 자신감 그리고 영민함이었다.

"이제 이자를 압송하면 되는 거야?"

백하언이 귀찮다는 듯 구주양을 보며 말했다.

무연이 백하언을 향해 말했다.

"혈교에서 이자의 목숨을 노릴 거다. 살아서 맹으로 데려가야 해."

"흐음, 이런 놈을 우리가 지켜야 한단 말이지?"

짜증이 나는 듯 인상을 찌푸린 백하언이 구주양을 바라보았다. 구주양이 똑같이 인상을 굳히며 말했다.

"내가 지금 얼마나 중요한 인물인지 모르는 게냐?"

뻔뻔스러운 구주양의 대답에 백하언의 고운 아미가 미묘하게 뒤틀렸다.

"뭐?"

백하언의 고개가 획— 돌아가며 무연을 향했다.

"이놈, 패면 안 돼?"

"흥!"

주먹을 불끈 쥐고 말하는 백하언에 구주양이 콧방귀를 끼며 무연을 바라봤다.

자신같이 중요한 증인을 어찌 함부로 다룰 수 있겠느냐

는 자신감이 넘치는 표정이었다.

"맘대로 해. 죽이진 말고."

"뭐, 뭐?!"

구주양이 다급하게 외쳤다.

자신을 소중하게 지키며 맹으로 데려갈 줄 알았던 무연이 그리 말하자 구주양의 눈동자가 심하게 요동쳤다. 백하언과 무연을 번갈아 보았다.

"야. 자, 잠깐! 나 중요한 증인이야! 내가 얼마나 중요한데 나를 팬다고?!"

"야. 닥쳐."

퍽—!

복귀(復歸)

"교주님. 중앙표국이 당했습니다."

"흐응?"

"무연이라는 자가 나타나 단숨에 이백명의 무인들을 제압하고, 지충우를 죽인 뒤 구주양을 데려갔다고 합니다. 그곳에 있던 시체가 담긴 상자도 맹으로 이송 중이라고 합니다."

그림자의 말에 턱을 괴고 있던 사내가 흥미로운 듯 미소 지었다.

"무연이라. 또 그 녀석인가?"

"그렇습니다."

"재미있는 녀석이야. 이곳저곳 안 끼는 곳이 없군. 흐흐
흐! 하하하! 그놈에 대해 알아봐!"

사내의 지시에 그림자가 고개를 끄덕였다.

"하지만 중앙표국은 어떻게 하면 좋겠습니까?"

"지워버려. 늘 하던 대로."

중앙표국은 혈교에서도 상당히 공을 들인 표국이었다.
중원상단과의 교류를 통해 중원상단을 차지할 생각으로
만들어두었다.

헌데 사혈문, 하북팽가에 이어 이번엔 중앙표국이 대업
을 이루지도 못하고 사라졌다.

"이번 중앙표국이 잡힌 것으로 하북팽가가 멸문의 위험
에서 벗어날 겁니다."

늙은이의 목소리에 사내의 시선이 왼쪽으로 향했다.

그곳에는 붉은색의 막대기를 의지하여 천천히 걸어오는
노인이 있었다.

"어차피 맹의 힘을 약화시키든, 못하든 상관없어. 그들
이 약해지든, 아니든 결국 우리가 이길 테니까."

어찌 보면 오만한 듯한 사내의 말에도 노인은 부정하지
않았다.

"맞습니다. 하지만 변수는 최대한 없는 것이 좋겠죠. 맹
의 힘은 아시다시피 최고조에 달해 있습니다."

"하하! 그것들이 강해봤자지. 그 새끼들은 요령이 없어.
충분히 강해질 수 있음에도 금기, 명예, 정도에 자기들을

스스로 가둬두지. 제 발에 족쇄를 채우는 것도 모르는 멍청한 놈들."

"대업이 멀지 않았습니다. 교주님."

"그래."

사내가 손을 뻗어 탁자에 놓여 있던 붉은색의 액체가 든 잔을 들어올렸다. 그리고는 망설임 없이 입으로 한번에 털어넣었다.

붉은 액체가 사내의 입으로 거침없이 흘러들어갔다.

액체가 몸으로 들어가자 사내의 눈이 점점 더 붉게 변해갔다.

꾸우욱―!

쇠로 만들어진 잔이 사내의 손에서 종잇장 구겨지듯 구겨졌다.

"얼마 남지 않았지……."

* * *

"별달리 특이한 것은 없군요."

서적을 뒤지며 제갈윤이 말했다. 그의 말에 광암이 고개를 끄덕이며 머리를 쓸어올렸다.

거의 열흘간 서적을 뒤지며 정사대전에 대해 조사했지만, 별다른 특이점들이 보이지 않았다.

"수상한 움직임을 보인 장로들은 없습니다. 모두가 정사대전의 승리를 위해 각자 필요한 자리에 있었습니다."

"백서문은 어떤가?"

"백서문은 아쉽게도 자료가 없습니다. 실제로 그는 정사대전 발발 당시에 모습을 숨겼죠. 이후로는 상처를 입고 돌아왔고요."

유일하게 정사대전에서의 정보와 자료가 없는 이는 백서문 뿐이었다.

"인원 편성에도 문제가 없었어. 모두가 적재적소에 맞게 배치되어 있더군."

광암의 말에 제갈윤이 하품을 억지로 참으며 서적을 뒤적였다.

"정보를 직접 서술한 제갈세가에서도 정보가 없나?"

광암의 물음에 제갈윤이 고개를 저으며 서적을 내려놓았다.

"아쉽게도 정사대전 당시에 대한 기록은 개방의 몫이었습니다. 대부분의 자료와 정보, 통계는 개방에서 받은 정보를 토대로 서술되었습니다."

"개방이라… 왜지?"

"정사대전 당시 중요한 것은 정보조사나 기록이 아니라, 전쟁의 승리였습니다. 당연히 제갈세가에서 머리 좀 쓴다 하는 자들은 모조리 전술과 전략을 중심으로 정사대전 승리를 위한 부분에서 온 힘을 쏟고 있었죠. 그러니 어디든 있는 개방도의 힘을 빌린 것이죠."

"개방이라."

뭐라 말할 수 없는 찜찜함에 광암이 서적을 뒤적거렸다.

그러다 문득 뭔가 깨달은 듯 서적을 덮으며 광암이 제갈윤을 향해 물었다.

"만약 개방의 정보가 잘못된 거라면……."

"뭐, 그렇다면 이곳에 있는 서적의 기록이나 정보들도 잘못된 것이겠죠."

"개방도의 수는 많았을 테고, 전쟁에 참여한 개방도의 진술을 토대로 만들었지 않겠나?"

"왜곡이 있을 수 있다?"

제갈윤의 물음에 광암이 잠시 고민하다 고개를 저었다.

"그것보다 조작이 있을 수 있지 않겠나?"

"조작… 하지만 개방도가 조작을 할 이유가 없지 않습니까? 이런걸 조작한다고……."

말을 하던 제갈윤이 입을 다물었다. 그리고 광암을 바라봤다.

"설마……."

"아니라고 하고 싶지만 만약 개방에서 의도적으로 뭔가를 숨기려 했다면?"

"만약 광암님의 말이 사실이라면 뭘 숨기려고 한 걸까요?"

"나는 뭔지 알겠군. 그게 사실이라면 보통 일이 아니군. 개방이라니……."

알 수 없는 광암의 말에 제갈윤은 살짝 답답함을 느꼈지만, 재촉하며 묻지 않았다.

언젠가 때가 되면 숨김없이 말해주겠다던 광암의 말을 믿기 때문이다.

"윤이. 아무래도 조사 대상을 바꿔야겠네."

"개방으로 말입니까?"

제갈윤의 말에 자리에 일어선 광암이 고개를 끄덕였다.

"그래. 개방으로."

* * *

감고 있던 눈을 뜬 무연이 고개를 돌려 자신의 왼편을 바라봤다.

겁에 질린 구주양이 무연의 곁에 바짝 붙어 있었다. 눈동자는 쉴없이 주변을 살폈다.

그 속에는 두려움과 불안이 가득했다.

"저, 정말로 내가 살 수 있는 것인가?"

구주양이 걱정스레 물었다. 무연은 무심한 얼굴로 대충 고개를 끄덕였다.

"그래. 내가 놓치지 않는다면 살 수 있겠지."

"자네가 놓칠 수도 있지 않은가?"

정말로 걱정되는 듯 구주양이 떨리는 목소리로 물었다. 무연이 슬쩍 구주양을 바라봤다.

"내가 놓친다면 그건 네가 죽을 수밖에 없는 운명이라는 거야."

"그게 무슨 말이냐! 나같이 중요한 증인에게 이렇게 무책임하다니!"

"나는 최선을 다하겠지만, 그럼에도 네가 죽는다면 중원에서 그 누구도 널 지켜주지 못한다는 소리야. 결국 그게 네 운명이라는 것이지."

담담하게 이어간 말. 구주양은 묘한 표정으로 무연을 바라봤다.

"그쪽이 그만큼 강하다는 말인가?"

"네놈 정도는 지킬 수 있을 만큼."

팔짱을 낀 채 다시 눈을 감은 무연이 대충 던진 말이었지만, 구주양의 떨리던 가슴이 진정되어갔다.

젊은 사내의 오만한 말이었지만 그것이 허세라 느껴지지 않았다.

이유모를 믿음. 그것이 무연에게서 느껴졌다.

'대체 이자는 누구기에……'

마른침을 삼키며 구주양이 고개를 돌렸다.

'교에서 경계해야 할 것은 무림맹이 아니라 무연이라는 젊은 사내였구나.'

최고조의 전성기에 달했다는 무림맹보다 구주양은 무연이 더욱 신경 쓰였다.

무림맹은 강했지만, 그것은 강한 힘들이 한곳에 모여 있었기 때문이다.

정파 무림의 모든 힘의 집합체, 무림맹이 가지는 의미였다.

하지만 무연은 달랐다. 고고하게 홀로 선 날카롭게 벼려진 검이었다.

"흠, 흠."

헛기침을 하며 구주양이 무연의 곁으로 더욱 바짝 다가가 눈을 감았다.

무연과 함께 움직이기 시작한지 이틀 만에 제대로 된 잠을 청한 구중양은 침까지 흘려가며 꿈나라 여행을 했다.

*　*　*

"자네들은 무사해서 다행이야."

무림맹 한편에 만들어진 정원에 둘러앉은 양소결과 운현 일행은 조용히 흘러가는 구름을 구경하고 있었다.

"양형 덕분입니다. 양형이 가져다준 정보가 아니었다면 하북팽가에서 일어나는 일을 막을 수 없었을 겁니다. 게다가 무연을 불러주었고요."

"사실 무 동생이 그렇게 빨리 하북팽가로 갈 줄은 몰랐네."

"하하. 무연이 좀 빠르죠."

운현과 양소결의 말에 나머지 일행도 공감하며 고개를

끄덕였다.

천소단원과 하북팽가 무인들의 싸움 속에서 팽도천에게로 주의를 끌기 위해 무연이 보였던 기세.

수많은 무인들의 싸움을 단 한순간에 멈춘 무연의 거대한 존재감은 도저히 잊히지 않았다.

"중앙표국의 일도 잘 진행되어야 할 텐데."

양소걸이 걱정스레 말했다.

"무연이 갔으니 괜찮을 겁니다."

양소걸을 향해 말하는 운현의 목소리에는 확신이 가득했다.

"무 동생을 많이 신뢰하는구나. 확실히 그가 믿음직스럽긴 하지."

양소걸이 고개를 끄덕이며 대답했다.

비록 하북팽가에서 보인 신위를 직접 눈으로 보지는 못했지만, 무연이 감으로써 하북팽가의 비밀스러운 사건이 파헤쳐지고 해결할 수 있었다는 것 정도는 알 수 있었다.

게다가 이번에는 개방의 정보를 요청하고 중앙표국으로 떠났다. 정말 쉼 없이 움직이는 남자였다.

"저, 양소걸님."

"음?"

자신을 높여 말하는 이가 적지 않음을 알고 있는 양소걸이 소리가 난 곳으로 고개를 돌렸다.

개방도 특유의 황토색 무복을 입은 자가 꾀죄죄한 몰골

로 뒤쪽에 서 있었다.

악취가 나지 않음을 다행으로 여긴 양소걸이 자리에 일어섰다.

"무슨 일이야?"

"서신이 도착했습니다. 무연이라는 분께 온 서신입니다."

"오오! 드디어. 이리 줘."

서신을 손에 쥔 양소걸이 펼쳐 빠르게 읽기 시작했다.

"하하!"

서신을 읽는 내내 양소걸의 입가엔 미소가 떠올랐다. 흥분했는지 손끝은 살짝 떨렸다.

"무슨 일입니까?"

운현이 궁금하여 양소걸에게 다가가자 그가 허연 이를 드러내며 웃었다.

"이 서신을 읽어보게. 그럼 내가 왜 이러는지 알 수 있을 게야."

"네."

운현이 서신을 받아들었다.

빠르게 서신을 읽어가는 운현의 입가에 양소걸과 비슷한 미소가 지어졌다.

그리고 당연하다는 듯 고개를 끄덕이며 서신을 곱게 접었다.

"무슨 일이야. 운현?"

남궁청이 그들의 미소에 궁금하기도 하고, 답답하기도 하여 자리에 일어나 물었다. 운현이 고개를 돌려 남궁청을 향해 미소 띤 얼굴로 말했다.

"중앙표국주를 압송 중이라는군! 게다가 시신이 들어 있는 상자들을 맹으로 인도 중이라고 해. 무연이 성공했어."

"역시!"

화설중이 쾌활하게 웃었다.

"휴, 그 사람은 걱정할 필요가 없다니까요."

화설이 어깨를 으쓱하며 말했다.

그녀는 이 세상에서 가장 부질없는게 바로 무연에 대한 걱정이라고 생각했다.

"이 사실을 용천단주님께 알려야겠군. 서둘러야겠어."

운현이 신형을 움직이려 하자 양소걸이 이를 저지했다.

"그럴 필요없어. 이미 서신 중 하나는 용천단주이신 도원님께 갔을 테니."

"아, 그렇군요."

머쓱해진 운현이 머리를 긁적였다. 하지만 떠오른 미소는 가실 줄 몰랐다.

멸문의 기로에 놓인 하북팽가를 구할 수 있다는 생각에서였다.

* * *

"천소단원을 잃은 문파에서 강한 항의가 들어오고 있습니다. 왜, 하북팽가에 아무런 제제도 가해지지 않느냐는 겁니다."

무림맹에서 열린 장로회의.

남궁세정이 항소문이 쓰여 있는 문서들을 긴 직사각형 모양의 회의탁자에 올려두며 말했다.

꽤 많은 양의 항소문이었다. 내용은 하북팽가에 대한 멸문을 요청한다는 것이다.

가족이자 제자를 잃은 그들의 분노는 결코 가벼운 것이 아니었다.

팽도천이 일이 진정되는 대로 하북팽가의 가주로써 그들에게 사과의 뜻을 전한다고 했지만, 그들이 원하는 것은 사과가 아니라 멸문이었다.

"지금이라도 조속히 멸문서를 작성해 하북팽가에 대한 멸문을 거행해야 합니다."

단호한 남궁세정의 말에 혜정이 담담히 항소문들을 바라봤다. 많은 양이었고, 많은 문파에서 온 항소문이었다.

보름간 시간을 끌어오며 버텼지만, 혜정 역시 더 이상 시간을 끌 수 있는 방도가 없었다.

하북팽가의 죄는 너무나 여실히 드러나 있었고, 혜정은 이를 덮을 수 없었다.

물론 덮을 생각도 없었지만, 도원의 요청으로 보름이란 시간을 벌어주었다. 그러나 그것도 오늘이 마지막이었다.

장로들의 여론은 하북팽가의 멸문이라는 방향으로 돌아선지 오래였다. 이제는 자신의 허가만을 기다리고 있었다.

수십개의 눈동자가 바라보고 있음을 느낀 혜정이 장로들이 서명한 멸문서를 바라봤다.

저곳에 자신의 인장을 찍으면 하북팽가는 멸문하게 된다.

"멸문서를… 주게."

남궁세정이 멸문서를 들고 혜정의 앞으로 다가가 두손으로 공손히 내밀었다.

멸문서를 받아든 혜정이 맹주의 인장이 봉인되어 있는 상자를 열어 인장을 꺼냈다.

이제 멸문서에 인장을 찍으면, 오랜 역사를 가진 하북팽가는 역사의 한편으로 사라지게 될 것이다.

똑─똑─똑!

혜정이 손에 든 맹주의 인장이 멸문서에 바짝 다가선 순간, 회의실의 정적을 깬 소음이 들려왔다.

"누군가? 회의 중이라는 걸 모르는 겐가?!"

남궁세정이 성난 목소리로 말했다. 밖에서 문을 지키던 경비무인의 목소리가 들려왔다.

"용천단주 도원님이 회의 참가를 요청하셨습니다. 하북팽가와 관련된 사항이라 급하다고 하십니다."

인장을 찍으려던 혜정의 손이 멈추었다. 도원이라는 말

을 듣는 순간 혜정이 인장을 내려놓았다.

그 모습을 본 남궁세정이 얼굴을 굳혔다.

"들어오게."

무림맹주인 혜정의 허가에 도원이 포권지례를 올리며 들어섰다.

"용천단주 도원. 무례를 무릅쓰고 장로회의를 잠시 중단시켰습니다. 죄송합니다. 하지만 이 서신을 봐주시겠습니까?"

도원이 한장의 서신을 건네자 혜정이 주름진 손을 들어 서신을 받아 빠르게 읽기 시작했다.

"이게, 사실인가?"

혜정의 물음에 도원이 고개를 끄덕였다.

"방금 무연이 보내온 서신입니다. 이제 곧 맹에 도착할 것입니다."

"하북팽가에 대한 멸문을 잠시 보류하겠네."

혜정의 발언에 남궁세정이 굳은 얼굴로 고개를 돌려 서신을 바라보았다.

"무슨 서신이기에 하북팽가의 멸문진행을 멈추신다는 것입니까?"

궁금하여 묻는 남궁세정을 향해 혜정이 말했다.

"용천 부단주인 무연이 하북팽가로 시신이 담겨 있는 상자를 옮긴 중앙표국의 표국주 구주양을 압송 중이라고 하네. 게다가 시신이 담긴 상자들을 맹으로 이송 중이라는

군."

"중앙표국주?!"

장로들이 웅성대기 시작했다. 중앙표국은 웬만한 무림인들도 다 알고 있을 만큼 유명한 표국이었다.

5년 전부터 세를 불리기 시작해, 중원 삼대 상단인 중원 상단과 밀접한 관계를 유지했다.

엄청난 규모를 자랑하며 중원 오대 표국이라 불리던 곳 중 한곳이었다.

"중앙표국주를 압송 중이라고요?"

남궁세정이 묻자 도원이 고개를 끄덕였다.

"그렇습니다. 그 과정에서 구주양이 혈교에서 하북팽가로 시신을 옮기라 지시했다는 사실이 드러났습니다."

도원의 말에 남궁세정이 고개를 저었다.

"그것을 어찌 증명한단 말이오? 이 모든 것이⋯⋯."

"조작된 거라 말하고 싶은 것이오? 남궁 장로?"

혜정이 물었다.

"그럴 수도 있지 않느냐는 것입니다."

"내 묻고 싶은게 있네. 남궁 장로."

"무엇입니까."

혜정이 담담하지만 굳어진 눈동자로 남궁세정을 바라봤다.

속이 깊고 언뜻 현기마저 느껴지는 혜정의 눈동자를 응시하며 남궁세정이 묵묵히 제자리에 멈춰 섰다.

"정말로 조작을 했다고 생각하는 겐가. 아니면……."

잠시 뜸을 들인 혜정이 말을 이었다.

"그렇게 믿고 싶은 겐가?"

혜정의 말을 들은 남궁세정이 조심스레 주먹을 말아 쥐었다.

그렇지만 동요는 보이지 않았다. 그저 조용히 뒤로 물러서 고개를 살짝 숙였다.

"알겠습니다. 중앙표국주와 시신이 담긴 상자들이 도착하면 알게 되겠지요. 제가 너무 성급했습니다."

남궁세정이 물러나자 혜정이 장로들을 돌아보며 말했다.

"회의는 여기까지 하겠습니다. 일단 하북팽가의 멸문건은, 용천 부단주인 무연이 중앙표국주와 상자를 맹으로 가져오면 그를 심문해보고 신중히 결정해도 늦지 않을 것입니다."

"알겠습니다."

장로들이 일제히 몸을 일으켜 회의장을 빠져나갔다.

가장 마지막으로 남궁세정이 나가자 혜정이 도원을 바라봤다.

"무연이 중앙표국주를 잡아왔단 말인가?"

"그렇습니다. 자세한건 그가 도착해야 알겠지만, 중앙표국주인 구주양을 사로잡았으니 하북팽가의 일들에 대한 증언을 들을 수 있을 것입니다."

"그렇다면……."

"하북팽가의 멸문을 막을 수 있을 겁니다."

고개를 끄덕이며 혜정이 자리에 걸터앉았다. 그리곤 긴 한숨을 내쉬었다.

"도원. 이제야 조금 알 수 있을 것 같네."

"무엇이 말입니까?"

"내 스승이 내게 했던 말이 있네. 시대가 변하고, 사람이 변한다. 그 당시엔 그 말이 무슨 뜻인지 몰랐지. 그리고 나의 시대는 쉽게 끝나지 않을 거라 믿었네."

말을 마친 혜정이 눈을 감으며 미소지었다.

"내 시대가 아닌, 우리의 시대가 저물고 있네. 하지만 그리… 나쁘지 않은 기분이군."

"그렇습니다. 우린 시간 속에 늙어가고 있으니 어쩔 수 없겠죠."

"허나 아직, 우리가 해야 하는 일들이 남아 있네."

눈을 감고 긴 한숨을 내쉰 혜정이 자리에 일어섰다.

* * *

"고생했다."

"아닙니다."

무림맹에 도착한 무연은 미리 나와 기다리고 있던 도원을 만나 구주양을 인도했다.

"중앙표국주 구주양입니다. 필시 혈교에서 구주양의 목숨을 노릴 것입니다."

"알겠다. 내 믿음직한 자들로만 꾸려 구주양을 지키도록 하지. 먼 여정에 힘이 들 테니 조금 쉬도록 하거라. 하북팽가의 일이 끝나고도 쉬지 못하지 않았느냐?"

"알겠습니다."

말을 마친 무연은 도원에게 인도되는 구주양과 시신이 담긴 상자들을 바라봤다.

곧 무림맹에서 중앙표국에 대한 조사가 이루어질 테고, 남쪽에 위치한 중앙표국의 창고에도 조사가 진행될 것이다.

하지만 무연은 알고 있었다.

중앙표국도 머지않아 흔적도 없이 사라질 것이다.

혈교의 손에 의해.

"오랜만이오."

무연의 말에 양소걸이 고개를 끄덕였다.

"고생했네. 어떻게 내가 도움이 되었나 모르겠군."

"큰 도움이 되었소. 헌데 묻고 싶은게 있소."

"묻고 싶은 거라, 그게 무엇인가?"

"개방. 중앙표국의 정보를 알아내기 위해 빌렸던 개방의 힘에 대해 알려주시오."

양소걸은 우매하지 않았다.

두뇌회전이 빨랐고, 영민한 편이었다. 괜히 부분타주가
되었던게 아니었다.

그는 무연의 말뜻을 단숨에 이해하고 얼굴을 굳혔다.

"그게 무슨 뜻인지 알 수 있겠나?"

양소걸의 목소리가 차갑게 식었다.

개방의 특징 중 하나는 개방도간의 끈끈한 관계에 있었
다.

피는 물보다 진하다지만, 개방도들은 서로간의 피가 섞
이지 않았음에도 서로를 가족으로 생각했다.

그들에게도 사제와 사형이 존재하고 항렬이 존재했지만
말이다.

그만큼 서로 간의 유대감은 어느 문파보다 뛰어났다. 그
러나 무연은 거침없었다.

"개방에 첩자가 있소. 혈교와 관련된."

드르륵―!

앉아 있던 의자를 박차고 양소걸이 일어섰다. 그의 눈동
자는 눈에 띄게 흔들리고 있었다. 마음의 동요가 크다는
증거였다.

"개방을 의심하는 겐가……!"

나긋나긋하던 목소리는 어느새 사라졌다. 격양된 목소
리로 묻는 양소걸의 모습에 무연이 망설임 없이 고개를 저
었다.

그러자 조금 진정했지만 곧 들려오는 말에 양소걸의 온

몸이 딱딱하게 굳어졌다.

"의심이 아니라 확신이오."

마른침을 삼킨 양소걸이 물었다.

"그렇게 말한 증거는 물론 가지고 있겠지?"

딱딱하게 굳은 신체만큼이나 딱딱한 양소걸의 물음에 무연은 당연하다는 듯 고개를 끄덕였다.

"물론이오. 간단한 수수께끼지. 양형이 혈교라면, 중원의 가장 큰 위세를 떨치는 무림맹을 약화시키기 위해서 어떻게 해야 된다고 보시오?"

"상대방의 힘을 약화시키고, 자신들의 힘을 키우며."

이는 하북팽가를 통해 증명된 사실이었다.

혈교는 무림맹의 힘을 약화시키기 위해 하북팽가를 끌어들였다. 천하제일 세가가 된 적이 없는 점을 이용해 팽우영을 유혹했다.

그 결과 하북팽가는 멸문 직전까지 가게 되었다.

혈교의 간계에 의해.

"상대방의 자금의 흐름을 끊고, 자신의 자금력을 키우며."

운남표국을 약화시키고 중원상단과 밀접한 관계를 가지던 중앙표국의 모습을 보면 알 수 있었다.

"눈과 귀를… 장악하겠지."

말을 마친 양소걸의 목소리가 떨려왔다.

"무림맹이 가진 눈과 귀 중 가장 탁월하다고 할 수 있는

게 무엇이겠소?"

"무 동생. 내게 중원의 상황이 어찌 돌아가고 있는지 알려줄 수 있겠는가?"

"양 형이 말한 대로 혈교는 무림맹을 치기 위해 갖은 수를 쓰기 시작했소. 먼저 힘을 약화시키려 했고, 중앙표국을 통해 자금력을 키우려 했을 거요. 그렇다면 무림맹의 눈과 귀를 장악하기 위해 혈교가 무림맹의 어딜 노리겠소?"

"그게… 개방이란 말인가?"

무연이 고개를 끄덕였다.

"무림맹이 탄생한 이래로 무림맹의 눈과 귀가 되어준 곳이 바로 개방이요. 수많은 개방도들의 끈끈한 유대감은 개방이 중원의 어느 곳보다 빠르고 강력한 정보조직이 될 수 있도록 해주었소. 혈교의 입장에선 가장 거슬리는 존재이면서 동시에 가장 필요한 존재였을 것이오."

"즈, 증거는 있는가? 혈교가 개방에 잔가지를 뻗치고 있다는……?"

"양 형이 내게 중앙표국에 대한 정보를 서신으로 넘겨준 시기와 동일한 시기에 중앙표국이 상자를 옮기기 시작했소. 무림맹이 자신들에 관심을 갖는다는 사실을 빠르게 알아차린 것이오."

"그거야 우연 아니겠나? 무림맹이 자신들에게 관심을 가질게 뻔하니……."

"그래서 확신을 가지기 위해 중앙표국으로 들어가 구주

양에게 물었소. 개방이 내갸 오는 것은 알려주지 않았느냐
고."

양소걸이 손에서 피가 흘러내렸다. 너무 강하게 주먹을
말아쥔 탓에 손톱이 손바닥을 파고 들어가 상처를 냈기 때
문이다.

"그 말을 들은 구주양은 주양걸이 있음에도 나를 죽이려
했고, 더 나아가 주양걸도 죽이려 했소. 알아선 안 될 것을
알아낸 것처럼."

"내 알아보겠네. 개방에 배신자가 있는지를 내 손으로
꼭 알아내겠네. 그러니……."

간절하게 청해오는 양소걸의 말에 무연이 조용히 그를
바라봤다.

"그러십시오. 제가 직접적으로 개방에 관여하진 않을 것
입니다. 이 일은 양형에게 맡기겠습니다."

"고맙네……."

말을 마친 무연이 떠났다.

홀로 남은 양소걸이 두근거리는 심장소리를 느끼며 눈을
감았다, 떴다를 반복했다.

가슴이 쉬이 진정되지 않았다. 알아선 안 되는 것을 알아
버린 기분이었다.

두손으로 얼굴을 감싼 양소걸이 눈을 번뜩이며 자리에
일어섰다.

동요는 멈추었다.

그는 개방의 개방도였고, 한 분타의 부분타주였다. 무엇을 해야 할지 잘 알고 있었다.

자리에 일어선 양소걸이 급히 움직였다.

* * *

"무연. 소식을 들었다. 고생했구나."

광암의 말에 무연이 살짝 고개를 끄덕인 뒤 옆에 있는 제갈윤과 그를 번갈아보며 물었다.

"어찌되었습니까?"

"그게 기록들을 살펴봤을 땐 백서문을 제외하고 별다른 특이점을 찾지 못했다. 단 한가지를 빼놓고는."

"기록자에 관한 것입니까?"

무연의 물음에 광암이 눈을 크게 뜨며 바라봤다.

어찌 알았냐는 듯한 모습에 무연이 고개를 끄덕였다.

"정사대전의 기록들은 개방에서 건넨 정보들을 바탕으로 쓰였을 것이고, 인원편성이나 무인들의 위치 등이 모두 개방도의 증언에 의해 쓰였겠지요?"

"그, 그래. 알고 있었느냐?"

"방금 광암님의 말을 듣고 알았습니다. 생각보다 일찍 개방에 숨어들었군요. 혈교가."

"너도 그리 생각하는 것이냐?"

광암의 물음에 무연이 고개를 돌려 무림맹의 본당을 바라봤다.

"개방의 누군가, 중앙표국에 무림맹의 움직임과 개방의 움직임을 알려왔습니다. 그것은 제가 양소걸이라는 개방도에게 정보를 부탁하여 서신을 받은 시기와 같았습니다. 우연이라 하기엔 서신이 도착한 시기와 중앙표국이 움직인 시기가 동일했습니다. 물론 구주양의 증언을 들으면 확실해질 테지만."

잠자코 대화를 듣던 제갈윤이 흥미로운 눈으로 무연을 바라봤다.

용천단원을 뽑기 위한 시험에서 별달리 눈에 띄는 모습을 보여준 것이 아님에도 도원이 용천단의 부단주로 무연을 임명했을 때. 제갈윤은 조금 의아했다.

하지만 하북팽가의 사건과 중앙표국에서 행해진 무연의 활약에 제갈윤은 내심 도원의 안목에 감탄하기도 했다.

지금 제갈윤은 무연을 다시 보기 시작했다.

'거침없는 행동 속에 치밀한 계산이 들어 있다. 도원님은 이를 알고 그를 부단주로 세운 건가.'

말을 마치고 무림맹을 둘러보는 무연의 모습을 말없이 응시하던 제갈윤이 입을 열었다.

"그래서 이젠 어쩔 셈이냐?"

무연이 고개를 돌려 제갈윤을 바라봤다.

"갈 곳이 있습니다."

그 말을 끝으로 무연의 신형이 사라졌다.

멈춤 없는 무연의 움직임에 제갈윤이 광암을 바라보며 물었다.

"무연이라는 자, 범상치 않군요."

제갈윤의 말에 광암이 미소지었다.

"범상치 않다라… 그런 말로는 부족하지."

의미를 알 수 없는 말에 제갈윤이 무연이 서 있던 자리를 조용히 응시했다.

자웅(雌雄)

"알고 있는 것을 전부 말하거라."

도원의 말에 구주양의 눈동자가 이리저리 움직였다.

사방이 꽉 막힌 밀실 속에 오로지 도원과 구주양뿐이었다.

"말하면 내가 살 수 있는 것이오?"

구주양이 물었다.

"그래. 옥에서 평생을 보내야 할지는 모르지만 최소한 목숨을 구할 수 있을 것이다."

그 말에 구주양이 탐탁지 않은 눈으로 도원을 바라봤다.

평생을 옥에서 산다면 그것이 죽은 것과 뭐가 다르단 말인가.

구주양이 긴 탄식을 내뱉었다.

"하아… 사는게 사는 것이 아니로구나."

"대답이나 하거라."

"말해주시오. 내 신변을 안전하게 지켜준다는 보장과 내 편의를 말이오."

"편의?"

편의라는 말에 도원이 얼굴을 굳혔다.

"네놈의 짓으로 무고한 천소단원이 목숨을 잃었고, 하북 팽가는 걷잡을 수 없는 피해를 입었다. 그런데 편의라고? 네놈을 당장 찢어 죽여도 시원치 않은데 그딴 말이 나오는 것이냐?"

살기가 잔뜩 묻어 있는 도원의 말에도 구주양은 물러서지 않았다.

"나는 증인이오. 하북팽가를 구하기 위해서는 내 증언이 필요할 테고, 오로지 나만 하북팽가를 구할 수 있는데 고작 그것 하나 못해준단 말이오? 안 그럼 나도 할 말이 없소."

팔짱을 낀 채 구주양이 눈을 감자 도원이 얼굴을 굳혔다.

당장이라도 검을 뽑아 목을 치고 싶지만, 그리함으로써 손해를 보는 것은 자신이었다.

"목숨을 살려두는 것 이상은 힘들 게다. 네놈을 죽이고 싶어 하는 자들이 한둘이 아니야."

"그러니 무림맹이 날 지켜달란 말이오. 난 내 목숨을 걸고 이곳으로 왔소. 왜인 줄 아시오? 살고 싶어서요. 그런데 이곳에서도 날 지켜주지 못한다면 난 할 말이 없소."

과연 구주양은 중앙표국의 표국주다웠다.

혈교가 괜히 구주양을 표국주의 자리에 앉혀놓은 게 아니라는 듯 그는 협상을 할 줄 알았다.

죽일 테면 죽이라는 구주양의 태도에 도원이 작은 한숨을 내쉬며 말했다.

"휴~ 할 수 없지. 무연을 불러 오거라."

도원의 한마디에 구주양의 눈이 번쩍 뜨였다.

"먼저 혈교의 명령에 의해 중앙표국은 시신이 들어 있는 상자를 하북팽가로 옮겼소. 아주 은밀하고 비밀스럽게 옮겼소. 아마 하북팽가에서 이 사실을 아는 이는 가주와 몇몇의 장로만이 전부일 것이오. 그도 그럴 것이 가주와 장로 외에는 나와 말을 섞은 이들이 없었으니 말이오."

무연이라는 한마디에 구주양이 급히 입을 열어 말을 꺼냈다.

청산유수와 같이 쏟아지는 말에 도원이 고개를 끄덕이며 팔짱을 꼈다.

'효과가 좋군.'

단지 무연이라는 이름을 말했을 뿐인데 구주양의 태도가 한번에 뒤바뀌었다.

흡족하면서도 무연이 어떻게 구주양을 대했는지 궁금해

하던 도원은 이어지는 말에 정신을 집중했다.

"게다가 무림맹의 움직임을 우리 표국은 이미 알고 있었소."

"뭐라? 어찌 알았던 거지?"

"개방과 혈교의 연이 있기 때문이오."

구주양의 말에 도원이 굳은 얼굴로 구주양을 바라봤다.

그게 사실이냐고 묻는 듯한 도원의 심각한 얼굴에 구주양이 고개를 끄덕이며 말을 이었다.

"사실이오. 실제로 중앙표국에 개방의 조사가 이루어진 다는 서신이 왔으니 말이오."

심문을 마치고 구주양에게서 증언서를 간단하게 받아낸 도원이 심문실을 빠져나갔다.

그의 얼굴은 한없이 굳어 있었다. 이 사실을 어떤 식으로 혜정에게 건네야 할지 망설여졌다.

"개방……."

증언서를 손에 쥔 채 망설이는 도원의 앞에 익숙한 얼굴이 나타났다.

"되도록이면 개방의 이야기는 증언서에서 빼십시오."

"무연?"

어느새 나타난 무연이 도원의 손에 들린 증언서를 보며 말하자 의아하여 물었다.

"지금은 개방의 배신을 우리가 알고 있다는 사실을 알려

160

선 안 됩니다. 증언서에 개방에 관한 것은 빼고, 나머지 하
북팽가를 위한 사실들만 넣으십시오."

"알고 있었느냐. 개방이⋯⋯."

"이번에 알았습니다."

"하아~ 개방마저⋯⋯."

긴 탄식을 내뱉은 도원이 증언서를 수정하고 혜정에게
향했다.

* * *

무림맹의 지하감옥에 투옥된 구주양은 딱딱하고 차가운
바닥에 엉덩이를 깔고 앉으며 한숨을 내쉬었다.

"휴, 내 신세야⋯⋯."

목숨을 건진 것으로는 전부 위로가 되지 않았다.

벌써부터 따뜻한 침실과 미각을 자극시키던 온갖 산해진
미가 머릿속에 가득 찼다.

하지만 알고 있었다. 다시는 예전처럼 돌아갈 수 없다는
사실을.

"물이다."

경비무인이 물이 담긴 바가지를 내밀었다.

개탄스러운 눈으로 바라보던 구주양이 바가지를 받아들
었다.

자신의 신세가 처량했지만 타들어가는 속을 달래기 위해

서는 냉수라도 마셔야 했다.

구주양이 바가지 속의 물을 마시려 고개를 꺾는 순간, 익숙한 목소리가 들려왔다.

"죽고 싶으면 마셔도 된다."

귓가에 파고드는 목소리에 놀란 구주양이 입을 급히 다무는 바람에 얼굴에 물을 끼얹었다.

"어푸! 컥!"

물을 쏟은 구주양은 급히 털어내며 소리가 난 곳으로 고개를 돌렸다.

언제부터 있었는지 모를 무연이 무심한 얼굴로 구주양을 내려다보고 있었다.

"무, 무슨 말이오. 그게?"

자세를 낮춰 바닥을 적신 물을 보던 무연이 품에서 작은 젓가락을 꺼내 젖은 땅에 꽂아넣었다.

은으로 만들어진 젓가락이 푸르게 변해갔다.

그것이 무엇을 의미하는지 구주양은 알고 있었다.

"도, 독이오?!"

다급하게 물어오는 말에 무연이 주변을 둘러보더니 땅에 꽂은 젓가락을 뽑아 구주양에게 건넸다.

"네것이니 갖고 있어라."

"무, 무림맹에 오면 내가 안전해진다 하지 않았소? 헌데 독이라니!"

겁에 질린 듯한 구주양의 말에도 무연은 말없이 주변을

살필 뿐이었다.

대답 없는 무연을 바라본 구주양은 뭔가 깨달은 듯 허탈한 표정을 지었다.

가치. 무연에게 있어 구주양은 가치가 있는 자였다.

하북팽가를 멸문에서 구해줄 수 있는 증인이었으며, 개방과 혈교의 관계를 증명해줄 자였다.

하지만 그 모든 것은 구주양이 증언서를 작성하기 전까지만 유효했다.

그가 증언서를 작성하고 서명한 이상, 그의 존재가치는 더 이상 남아 있지 않았다.

오히려 이제는 방해만 될 뿐.

구주양에게서 무연이 얻어낼 것은 남아 있지 않았다.

"그래. 그렇군! 그렇겠지."

허탈하게 말을 마친 구주양이 터덜터덜 걸어 감옥의 외벽으로 다가가 몸을 기댔다.

반백년을 살아왔다.

지나간 세월의 기억이 구주양의 머릿속에 맴돌았다.

상인의 아들로 태어나 뛰어난 상술과 통솔력을 인정받아 승승장구했다.

그러던 중 혈교가 등장했다. 그들은 구주양에게 중앙표국의 표국주 자리를 제안했다.

더 나아가 중앙표국주로서의 일을 잘 수행하면 중원상단을 갖게 해주겠다고 약속했다.

상인이었기에 표국 대신 상단을 꾸리고 싶었던 구주양은 혈교의 달콤한 제안에 승낙했다.

5년간 혈교의 지원을 받아 중앙표국을 운남표국을 뛰어넘는 표국으로 만들어 냈다.

그 과정에서 상도덕에 어긋나는 행위를 했으며, 무고한 생명을 빼앗고, 하북팽가와 관련된 해선 안 될 금기를 저지르기도 했다.

해선 안 되는 짓들이라 생각했지만, 성공을 위해선 어쩔 수 없었다고 자신을 위로했으며 합리화했다.

'이제 와서 그것이 무슨 의미가 있겠는가.'

비리가 드러났으니 더 이상 중앙표국은 존재할 수 없을 것이다.

평생을 바쳐 이루어낸 것이 단 한순간에 무너졌다. 그리고 이제는 목숨이 경각에 달렸다.

지켜줄 이도 없었고, 그의 죽음에 슬퍼할 이도 없었다.

"덧없는 삶이로다."

주변을 살피던 무연이 허탈하게 벽에 기대어 쓰러진 구주양을 바라봤다.

"뭐하냐?"

구주양이 고개를 간신히 들어 무연을 바라봤다.

"뭐긴 뭐겠냐. 삶에 대한 미련을 떨치는 중이다. 어차피 내게서 얻어낼 수 있는건 다 얻지 않았느냐. 이제 가치가 없으니 날 지켜줄 이유도 없겠지."

삶을 포기한 듯 널브러진 구주양을 무심하게 지켜보던 무연이 입을 열었다.

"아직 네가 죽으면 안 된다. 너는 아직 가치가 있어."

"내게? 무슨 가치? 아무것도 남지 않은 내게 무슨 가치가 있느냐?"

"네게 말했지? 무림맹으로 가면 죽진 않을 거라고. 난 그리할 생각이다."

"뭐?"

들려오는 무연의 말에 구주양이 상체를 일으켜 똑바로 쳐다봤다.

무연이 구주양을 보며 나지막이 말했다.

"넌 죽지 않아. 내가 그리할 것이니."

말을 마친 무연이 지하감옥을 나갔다.

구주양은 말없이 무연이 서 있던 자리를 응시했다.

모든걸 포기했던 삶에 대한 미련이 다시금 생겨나고, 가슴이 뛰기 시작했다.

원수라 생각했던 무연의 말에 강한 신뢰를 느꼈다.

다른 자가 그런 말을 했다면 코웃음을 치며 무시했을 테지만 무연의 말은 다르게 다가왔다.

"정말… 정말인가… 살 수 있는 겐가."

죽어 있던 그의 눈에 생기가 돌기 시작했다.

* * *

쿵!

탁자가 부서지며 바닥에 나뒹굴자 보좌관의 표정이 어두워졌다.

벌써 다섯개의 책상이 부서졌다.

싸구려 원목이 아닌 값비싼 흑목을 사용했기 때문에 결코 싼값의 책상이 아니었다.

헌데 장대웅은 보좌관의 깊어지는 주름에도 아랑곳하지 않고 책상을 부쉈다.

"벌써 세번째다. 사혈문, 하북팽가, 이번엔 중앙표국! 무연이란 놈 이대로 그냥 두어서는 안 된다!"

격양된 목소리의 장대웅이 이를 갈았다.

교주는 별생각 없어 보였지만, 장대웅의 입장에서는 꽤나 신경 쓰였다.

어떻게 알아낸 것인지 무연은 귀신처럼 혈교가 손을 댄 곳마다 나타나서, 훼방을 놓는 것을 넘어 아예 관련된 모든 것을 뿌리 뽑고 있었다.

언제 어떻게 등장할지 몰랐고, 어떻게 행동할지 종잡을 수가 없었다.

"그놈의 힘은 전혀 약하지 않다. 보통의 무인들로는 그놈을 잡을 수 없어."

무연과 손을 섞어본 적이 있는 장대웅은 힘이 결코 약하지 않음을 알고 있었다.

자신의 몸을 상하게 한 자이니 만큼 그에 대한 경계심이 강했다.

"분명 후환이 될 녀석이다."

"어찌하시겠습니까?"

보좌관의 물음에 장대웅이 자리를 박차고 일어섰다.

"어찌하긴! 무연이란 놈을 잡아야지."

"하지만 상대는 무림맹의 깊숙한 곳에 자리 잡고 있습니다. 직접 나서는 건 불가능하십니다."

"나도 알아. 그러니 그놈을 무림맹에서 끄집어내야지."

자리에서 일어선 장대웅이 도포를 잡아 몸에 걸치며 빠른 걸음으로 집무실을 나섰다.

"그놈이라면 분명 혈교와 관련된 곳에 모습을 드러낼 것이다."

이글거리는 눈동자로 장대웅이 신형을 움직였다.

*　*　*

"용천단이다."

"이번엔 하북팽가와 관련된 사건들을 해결했다며? 하북팽가가 혈교라는 단체의 간계에 의해 멸문당할 뻔한걸 용천단이 막았다는군."

"누가 아니래? 중앙표국에 직접 잠입해 혈교의 존재를 드러내고 증거를 잡아왔다는군."

용천단원들이 식당에 들어서자 무림맹의 무인들이 수군대기 시작했다.

작은 목소리로 얘기를 나누었지만, 오감이 범인의 몇 배로 발달한 무인들의 귀에는 선명히 들려왔다.

"쑥스럽네요. 저희가 별로 한건 없는데."

백아연이 민망한지 얼굴을 붉히자 장혁이 웃었다.

"하하. 부단주님이 다했죠. 뭐. 한 소저랑."

정작 주인공인 무연과 한소진은 담담하게 식사를 이어가고 있었다.

백아연과 우윤섭은 민망한지 얼굴을 붉히고 있었다.

"이런 관심은 좀 부담스럽군. 안 그런가?"

이범이 무덤덤하게 식사를 하는 무연을 향해 슬쩍 물었다. 의외로 무연은 고개를 저었다.

"아니, 오히려 잘됐어. 용천단은 시선을 끌어야 해. 주막거리의 안줏거리가 될 만큼 유명해지면 더 좋겠군."

전혀 예상치 못한 무연의 대답에 백건이 고개를 기웃했다.

"의외군. 유명인사가 되고 싶어 하는 줄은 몰랐는데."

"나를 잘못 봤군?"

무연이 은근하게 미소지으며 말했다. 백건이 눈살을 찌푸렸다.

"다른 꿍꿍이가 있는 건가?"

"시선을 용천단으로 돌리면, 그들은 용천단을 경계할 수

밖에 없겠지. 우릴 견제하려면 모습을 드러내야 할 테고."

그들이 누구를 의미하는지 다른 용천단원이 모를 리 없었다.

"헌데 부단주님은 왜 한 소저하고만 다니시는 겁니까?"

누구도 꺼내지 못했던 질문을 장혁이 대수롭지 않게 꺼냈다.

너무 뜬금없는 물음에 무연과 한소진을 제외한 용천단원들의 시선이 빠르게 장혁에게 향했다.

정작 장혁은 미소지으며 무연을 바라볼 뿐이었다.

"첫째. 한소진은 강해. 누구를 만나든 쉽게 죽지 않지."

그 말에 용천단원들이 고개를 끄덕이며 수긍했다.

아직 한소진의 진가를 보지 못했다 할 정도로 그녀의 무공은 베일에 싸여 있었다.

한소진이 제대로 된 검법을 펼친 적이 없다는 걸 생각하면, 그녀가 여태껏 보여준 무위만으로도 무공이 강하다는 것을 단편적으로 증명해주었다.

"둘째. 한소진은 어느 상황에서도 쉽게 동요하지 않아."

두번째 이유에도 용천단원은 수긍했다.

가끔은 감정이 없는게 아닐까 할 정도로 한소진은 표정의 변화도, 감정의 동요나 변화를 보여주지 않았다.

무연의 말대로 혈교를 상대로 일어나는 여러 가지 상황이나 사건 속에서도 전혀 동요를 보이지 않아 지금까지 일어난 일련의 사건들에 가장 어울리는 동료였다.

"마지막으로 셋째."

마지막 이유가 나오자 장혁과 장현 그리고 나머지 일행들이 귀를 쫑긋 세웠다.

무연이 장혁과 장현을 번갈아보며 말했다.

"한소진은 너희처럼 시끄럽지 않아."

"아, 뭡니까. 그건!"

"서운합니다. 시끄럽다뇨!"

"하하하!"

울상 짓는 쌍둥이를 보며 이범과 백아연, 백하언과 우윤섭이 웃었다.

백건 역시 미소지으며 장혁과 장현을 바라보았다.

털썩—

그때 화기애애한 용천단의 식탁에 누군가 자리를 잡고 앉았다.

웃으며 대화를 나누던 장혁과 장현은 등장한 사내의 얼굴을 보고 입을 다물었다.

"당신이 왜?"

"아, 자리가 없어서 말이야. 앉아도 되겠지? 설마 용천단원이 아니라고 내쫓거나……."

한소진의 옆자리에 앉은 남자는 나머지 용천단원도 익히 잘 알고 있었다.

"위지천."

"오랜만이야. 무연."

위지천과 무연이 서로를 바라봤다.

창 한자루만으로 장혁과 장현을 동시에 상대하면서도 여유를 부리던 실력자.

패배한 전적이 있는 장혁과 장현이 경계심 어린 눈초리로 위지천을 바라봤다.

"워워… 너무 그렇게 바라보지 말라고. 남자들의 그런 뜨거운 시선은 사양이야."

장현과 장혁을 향해 손사래를 치며 장난스러운 미소를 지은 위지천이 시선을 돌려 한소진을 바라봤다.

"사실 아리따운 한소진님을 뵈러 왔죠. 한 소저. 저와 차라도 한잔하시겠습니까?"

은근한 미소를 지으며 위지천이 손을 내밀었다.

위지천은 잘생긴 외모와 여심을 홀리는 말재간으로 무림맹 천소단 내에서도 유명한 무인이었다.

외모만큼이나 훌륭한 창술 덕분에 천소단에서도 가장 강한 무인 중 한명으로 손꼽히는 자였다.

"한 소저?"

손을 내민 위지천이 사람 좋은 미소를 지으며 한소진을 바라봤지만, 그녀는 눈길 한번 주지 않았다.

그저 밥을 모두 먹는 것이 사명이라는 듯 음식을 씹고 삼키기를 반복했다.

"흠, 역시 도도하시군요!"

위지천은 전혀 주눅 들지 않았다.

"여기 온 목적이 뭐지? 한소진에게 추파나 던지려고 온 건가?"

무연이 위지천을 향해 물었다.

위지천이 눈이 빠르게 무연과 한소진을 번갈아보았다.

그는 무연이 말하는 순간 한소진이 먹던걸 멈추고 잠시 시선을 돌린 것을 알아차렸다.

한소진의 행동은 너무 조용하고 빨라 알아차리기 힘들었지만, 위지천은 그 짧은 틈을 놓치지 않았다.

"호오!"

뭔가 깨달음을 얻은 듯한 위지천이 무연을 똑바로 쳐다보았다.

"자네가 내 호적수로군!"

의미를 알 수 없는 말에 용천단원들이 무연과 위지천을 번갈아 보았다.

"무슨 의미지?"

무연이 알 수 없다는 듯 물었다.

위지천이 자리에 일어서 무연의 앞에 섰다.

"나와 그때 이루지 못했던 남자간의 대련을 지금 한번 해보겠는가?! 무연!"

위지천이 장난스러운 표정으로 말하자 무연이 고개를 저었다.

"설마 아무것도 걸지 않고 하자는 건가? 난 쓸데없는데 힘 빼는게 싫거든."

"당연히 그럴 리가 있나. 이긴 자가 한 소저를 갖는다. 어때?"

감정의 변화를 거의 보이지 않는 한소진이 젓가락질을 멈추고 인상을 굳혔다.

자신을 갖느냐, 마느냐로 대련을 가지는 것이 마음에 들지 않는 모양이었다.

그러나 뭐라고 입을 열진 않았다.

당연히 거절할 줄 알았기 때문이다.

하지만 무연의 입에서는 의외의 말이 나왔다.

"거절하지. 내기 조건이 좋지 않아."

내기 조건이 좋지 않다는 말에 모두의 시선이 무연에게로 향했다.

한소진도 젓가락을 내려놓고 무연을 바라봤다.

묘한 표정이었다.

"한소진은 이미 내것인데 내가 이겨서 뭘 하겠어?"

어깨를 으쓱이며 미소짓는 모습에 장현이 마시던 차를 뿜으며 무연을 바라봤다.

그것은 나머지 용천단원도 마찬가지였다.

특히 백아연은 상당히 놀랐는지 눈을 동그랗게 뜨고 한소진과 무연을 번갈아 보았다.

한소진도 전혀 생각지 못한 대답에 놀랐는지, 살짝 커진 눈으로 무연을 바라봤다.

놀란 채로 얼굴이 살짝 붉어진 한소진의 모습에 위지천

이 인상을 굳혔다.

"그래. 맞는 말이야. 틀린 말은 아니지… 그럼 뭘 원하지?"

"내가 원할 때 네 힘을 빌려주는 것."

"내 힘을?"

"그래. 내가 네 힘을 필요로 할 때, 너는 아무 조건도 이유도 묻지 않고 나를 도와주면 돼."

위지천이 묘한 눈으로 바라보자 무연이 고개를 저었다.

"싫으면 하지 않아도 좋다. 질 것 같으면 안 해도 돼."

으드득—!

사람 좋은 미소를 짓고 있던 위지천이 이를 갈며 말했다.

"좋다. 네 제안 받아들이지."

"좋아."

미소지은 무연이 자리에 일어섰다.

"무슨 꿍꿍이일까요?"

장현이 백아연을 향해 물었다. 그러나 백아연은 고개를 저었다.

"나도 모르겠어. 분명 아무 뜻 없이 움직이시는 분이 아닌데."

백아연을 포함한 용천단원들은 어렴풋이 알 수 있었다. 무연이 일부러 위지천을 도발했다는 것을.

정작 내기의 당사자인 한소진은 살짝 굳어진 얼굴로 무

연과 위지천을 번갈아 보았다.

원형의 연무장.

그 위에 무연과 위지천이 서로 마주보며 섰다.

위지천은 창을 어깨에 두른 채 서서 무연을 위아래로 훑었다.

"맨손인가?"

"무기는 필요 없다."

"권사라 이건가… 그렇다면 무기가 없다고 봐줄 필요는 없겠군."

"아무렴."

고개를 끄덕인 위지천의 신형이 엄청난 속도로 무연을 향해 달려들었다.

"헛!"

지켜보던 장혁과 장현이 놀랄 정도로 위지천의 속도는 빨랐다.

"그때 설마 봐주고 있었던 건가!"

지하감옥에서의 위지천은 저 정도로 빠르지 않았다.

그때도 장혁과 장현을 혼자서 제압했을 정도로 강했는데, 지금의 속도는 그때를 훨씬 웃돌았다.

무연이 누군가와 진지하게 싸우는 것을 본 자는 한소진 밖에 없었기에 백아연과 우윤섭, 장혁과 장현은 걱정스럽게 바라봤다.

백건과 이범, 백하언은 흥미롭게 지켜봤다.

캉—!

"흠?!"

휘청이는 자신의 창을 보며 위지천이 눈살을 찌푸렸다.

창을 쥔 손이 저릿했다.

내력을 온전히 쏟은 것이 아니었지만 그래도 이렇게 쉽게 튕겨나갈 줄은 몰랐던 위지천은 뒤로 재빠르게 물러섰다.

창을 다루는 자에게 있어서 가장 중요한 것은 자신과 상대의 간격을 유지하는 것이다.

특히 무연 같은 권사는 초근접 상태에서 싸움을 걸어오기 때문에 거리를 벌릴 필요가 있었다.

"음?"

쿵—!

위지천이 창대를 세워 무연의 주먹을 막으며 왼발을 내질러 무릎을 찼다.

무연이 무릎을 굽히며 발길질을 막자 위지천이 반발력을 이용해 뒤로 물러선 뒤, 창을 정면으로 빠르게 내질렀다.

순식간의 세번이나 찔러온 창이 무연의 어깨와 옆구리, 허벅지를 찔렀다.

카가강—!

세번의 경쾌한 타격음이 들렸다.

위지천의 창은 정확히 세번 휘청거렸고, 붉은 핏방울이 대지를 적셨다.

"아……!"

모두가 숨죽인 가운데 백아연이 작게 소리 질렀다.

무연과 위지천은 서로 멀찍이 떨어져 있었다.

무연의 손등에서 피가 흐르고 있었다.

"흠!"

위지천이 무연의 손등을 보며 미소지었다. 하지만 그건 승리의 미소가 아니었다.

떨려오는 자신의 손바닥에서 축축하고 끈적한 것이 흐르고 있음을 위지천은 알고 있었다.

위지천의 손을 타고 흐른 붉은 선혈이 창을 타고 내려 메마른 대지를 적셨다.

"과연 그 유명한 용천단의 부단주답군. 보통 실력이 아니야."

위지천은 순수하게 감탄했다.

또래 중에 자신만큼 강한 자는 거의 없다고 믿었다.

그도 그럴 것이 천소단원 중에서도 자신과 자웅을 겨루어볼 수 있는 자는 손에 꼽기도 어려웠기 때문이다.

그나마 검신 송월의 제자인 운현 정도만 자신과 자웅을 겨루어볼 만하다고 생각했다.

무연의 실력은 상상 이상이었다.

무복을 찢은 뒤 피를 잔뜩 흘리는 손바닥에 두른 위지천이 창을 굳게 쥐었다.

"하지만 한 소저를 향한 나의 사랑을 멈출 순 없지!"

쾌활하게 웃은 위지천이 한눈을 깜빡이며 한소진을 바라
봤다. 물론 한소진은 아무런 반응도 없이 무연을 바라봤
다.

"흠흠……!"

머쓱한 헛기침을 뱉은 위지천이 창을 곧게 앞으로 뻗으
며 정면에 선 무연을 바라봤다.

"자, 다시 시작할까."

위지천의 두다리가 빠르게 움직이며 잔상을 만들어냈
다.

빠르고 훌륭한 보법이자 신법이었다.

어지럽게 움직이는 위지천의 신형에서 한줄기의 섬광처
럼 찔러온 창이 무연의 목을 노렸다.

고개를 오른쪽으로 젖힌 무연이 오른손을 들어 창날을
쳤다.

"큭!"

거대한 반동에 위지천이 이를 악물며 반동을 그대로 역
이용해 신형을 빠르게 회전시켰다.

아래에서 위로 사선을 그리며 무연을 향해 베어들어 왔
다.

무연이 오른발을 들어 사선을 그리며 올라오는 창날을
찍어 눌렀다.

"흐으읍!"

무연의 오른발에 짓눌린 창을 굳게 쥔 위지천이 내력을 끌어올리며 강하게 쳐올렸다.

무연이 급히 발을 떼며 뒤로 물러섰다.

이를 노리던 위지천의 창이 사선을 그리며 쳐올려지다 무연의 얼굴과 직선방향이 되는 순간 우뚝 멈추어 섰다.

순식간에 창의 움직임을 멈춘 위지천이 눈을 번뜩였다.

'선창(僊槍) 비뢰(飛雷)!'

푸른색 기운이 위지천의 창날을 휘감으며 작은 회오리를 만들어냈다.

이 모습을 본 무연이 인상을 굳혔다.

자세가 무너진 상황에서 앞에 선 위지천의 창이 심상치 않은 기운을 흘렸다.

"하압!"

위지천의 창이 엄청난 속도로 무연의 얼굴을 향해 날아들었다.

"아!"

"윽!"

위지천의 창날이 무연의 머리를 꿰뚫었다.

그 모습에 놀란 백아연과 장혁과 장현이 비명을 질렀다.

무연을 믿고 있었지만 이번만큼은 위험해 보였다.

무연의 자세는 무너졌고, 위지천의 창은 무시무시할 정도로 빨랐다.

한소진마저 두손을 꼭 쥘 정도로 놀랐다.

"아!"

놀란 것은 그들뿐만이 아니었다.

위지천 역시 너무 흥분한 나머지 망설임 없이 절기를 사용했다.

대련이라는 사실을 망각하고 완전히 비뢰를 찔러넣은 것이다.

하지만 놀란 것도 잠시, 위지천은 손에 감각이 없음을 깨달았다.

'아니, 감각이 없다!'

정신을 차린 위지천은 창에 꿰인 무연의 얼굴이 잔상을 그리며 사라지자 눈을 번뜩이며 창대를 몸 가까이 가져다 댔다.

쾅―!

"크윽!"

위지천의 신형이 주르륵 밀려났다.

손에 든 창은 끊어질 정도로 휘청이고 있었다.

창을 쥔 손바닥에는 붉은 핏방울이 튀어 올랐다.

어느새 나타난 무연이 위지천의 복부를 향해 주먹을 올려쳤다.

위지천이 빠르게 창대로 주먹을 막았지만 그 거력을 온전히 막을 수는 없었다.

주르륵 밀려난 위지천이 질렸다는 눈으로 무연을 바라봤다.

"하… 그걸 피했단 말이야?"

"이번 것은 조금 위험했더군."

고개를 든 무연의 머리 위로 검은 머리카락이 휘날렸다.

얼굴의 반을 가리던 무연의 앞머리가 잘려나가 허공에 휘날린 것이다.

조금만 늦었어도 허공을 날고 있는건 머리카락이 아니라 무연의 머리였을 것이다.

앞머리카락이 모두 잘려나가 무연의 얼굴이 온전히 드러났다.

"부단주님의 얼굴을 온전히 보는건 이번이 처음이네요."

장혁이 무연의 얼굴을 똑바로 보며 말했다.

"나, 나도."

백아연 역시 무연의 맨얼굴은 처음이라 당황스러우면서도 흥미롭게 살펴보았다.

드러난 무연의 얼굴은 의외로 멀끔했다.

험상궂게 생겼거나, 큰 상처를 가지고 있어서 얼굴을 가렸을 거라고 했던 장현.

드러난 무연의 이목구비가 뚜렷하고 남자다운 호감형의 외모이자 입을 비죽 내밀었다.

"뭐야. 멀쩡하잖아."

실망스러운 듯 말하는 장현의 옆에서 백하언도 유심히 무연의 얼굴을 바라봤다.

처음엔 무연이 작은 눈의 추남이라 생각했는데 생각보다 괜찮게 생기자 흥미가 동했다.

"흠. 뭐, 괜찮네."

한소진은 이미 무연의 얼굴을 본 적이 있어 무덤덤했다.

"앞머리는 왜 내렸던 거야?"

위지천의 물음에 무연이 앞머리를 대충 정리하며 말했다.

"원래는 이유가 있었지만 이제는 의미 없겠지."

"그렇군. 이거 이발비라도 받아야겠어. 하하!"

유쾌하게 웃고 있었으나 위지천은 속이 뒤집혔다.

무연의 주먹을 가까스로 막았지만 그 안에 담겨 있던 내력이 내장을 뒤집어놨다.

만약 주먹을 창대로 막지 못했다면 필시 쓰러져 일어서지 못했을 것이다.

"강하군. 무연. 괜히 용천단의 부단주가 아닌가봐?"

"그런 셈이지."

말을 마친 무연이 검지와 중지를 들어 자신의 이마를 살짝 두들겼다.

의미를 알 수 없는 무연의 행위에 위지천이 궁금하여 쳐다보았다.

"이곳을 막아라."

무연의 말에 위지천이 인상을 찌푸렸다.

마치 스승이 제자에게 자신이 공격할 곳을 알려주고 '막을 수 있으면 막아보거라'하는 것과 같았기 때문이다.

"하?! 공격의 경로를 알려주는 건가? 설마 내가 못 막을까봐?"

"이왕이면 피하고."

이어지는 무연의 말에 위지천이 어이가 없는 듯 웃었지만, 이미 그는 자세를 잡고 있었다.

무연의 수준이 보통이 아님을 알고 있었다.

손짓과 말이 무엇을 의미하는지는 알 길이 없었지만, 대비해서 나쁠 것은 없었다.

"한 소저는 내것이다. 무연!"

호기롭게 외치는 위지천을 향해 무연이 주먹을 말아쥐었다.

"죽지 마라."

"뭐……."

열다섯 걸음.

성인남자의 걸음으로 열다섯 걸음이면 꽤 먼 거리였다.

이는 무연과 위지천의 거리였다.

그러나 그게 무슨 의미가 있을까. 마치 거리라는 개념이 존재하지 않는 것 같았다.

최소한 위지천에겐 그랬다.

'저자에게 거리라는 개념이 존재할까.'

땅에 몸을 누이는 위지천이 한 마지막 생각이었다.

"설마 저 녀석이 마음에 들었던 것은 아니겠지?"

한소진에게 다가온 무연이 물었다. 한소진은 고개를 저었다.

"그럴 리가."

"그럼 다행이군."

무연이 덤덤히 걸어갔다.

한소진이 무연의 뒤를 따라갔다.

남은 이들은 멍한 표정을 짓고 있을 뿐이었다.

"보셨습니까?"

장현이 혹시나 하는 마음에 백건을 향해 물었다.

그러자 백건이 고개를 저으며 이범을 향해 물었다.

"봤나?"

"아니."

이범은 고개를 저었다.

그리고는 떨리는 가슴을 진정시키며 주먹을 말아 쥐었다.

흥분 탓에 주먹을 말아쥔 손이 떨려왔다.

"내가 뭘 본 거지……."

장혁은 눈을 끔뻑이며 손으로 비볐다. 하지만 현실을 바꾸지 않았다.

그나마 정신을 차린 것은 백아연이었다. 백아연은 걱정스러운 듯 위지천에게 다가갔다.

"죽진 않았겠죠?"

"무연이 힘조절을 했겠…지?"

백하언이 백아연의 뒤를 따라가며 조심스레 말했다.

다가가 살펴보니 위지천은 다행히도 살아 숨 쉬고 있었다.

"어떻게 하죠?"

"천소각으로 옮겨야지, 뭐…….."

백아연의 물음에 이범이 다가와 위지천을 들쳐 엎었다.

장현이 창을 들었다.

"봐준 건가?"

"봐줬다기보다는… 장혁과 장현은 그에게 졌다. 그래서 그들에게 보여준 거야. 위지천의 무공과 싸우는 방식을."

그나마 위지천이 쓰러진 경위를 본 것은 한소진이 유일했다.

하지만 한소진마저 잔상을 겨우 엿보았을 뿐. 제대로 위지천이 쓰러지는 모습을 본 것은 아니었다.

다만 한가지 분명한 사실은 무연은 그 한수로 위지천을 죽일 수 있었다는 점이다.

'권풍.'

제대로 보진 못했지만 무연의 주먹이 위지천의 얼굴 바로 옆을 스쳐갔다.

정면으로 위지천의 얼굴을 친 것이 아니었다.

그럼에도 주먹에 담긴 거력의 권풍이 위지천의 얼굴을 쳤다.

무연의 주먹을 둘러싼 권풍에 의해 쓰러진 것이다.

만약 주먹을 정면으로 맞았다면 그의 얼굴은 더 이상 목 위에 존재하지 않았을 것이다.

'도대체……'

한소진의 시선이 무연의 등을 향했다.

* * *

드르륵—!

"흠… 괜찮으냐?"

얼굴이 퉁퉁 부어버린 위지천을 보며 남궁세정이 굳은 얼굴로 물었다.

위지천이 냉수가 들어 있는 주머니로 얼굴을 주무르며 웃었다.

"하하! 전혀 괜찮지 않습니다."

"몇 수냐."

"몇 수냐 물으셨습니까?"

"그래."

얼굴에 대고 있던 냉수 주머니를 내려놓은 위지천이 장난스러운 미소를 띤 채 남궁세정을 바라봤다.

그의 오른쪽 눈은 핏줄이 터져 붉게 충혈되었다.

오른편의 얼굴이 전체적으로 멍이 들었는지 푸르게 변해 있었다.

"그놈은 절 단 한수에 죽일 수 있었습니다. 하지만 그리하지 않고 용천단원 앞에서 저를 가지고 놀았지요. 마치 제가 그의 상대가 되는 것처럼 말입니다."

"단 한수에 말이냐?"

위지천의 말에 남궁세정이 충격을 받은 듯 얼굴을 굳혔다.

위지천의 힘은 천소단원 안에서도 거의 정점에 섰다고 볼 수 있었다.

또래에서도 적수를 찾아보기 힘들었다.

헌데 무연이라는 자가 위지천을 단 한수에 죽일 수 있다고 하니 놀라지 않을 수가 없었다.

"그렇습니다. 하하! 그는 자기가 어디를 공격할 테니 막으라 했습니다. 이왕이면 피하라더군요. 맞습니다. 저는 그자가 어디를 공격할지 이미 알고 있었고, 방심하지 않았습니다. 온 정신을 집중해서 그의 주먹과 신형, 미세한 움직임 하나하나를 읽고 있었습니다. 공격의 경로를 알고 있으니 반격하기 위해서였습니다."

"헌데?"

"못 봤습니다."

"뭐?"

위지천이 고개를 저으며 바닥으로 떨구었다.

"못 봤습니다. 그와 저는 오장 이상 떨어져 있었습니다. 헌데 그가 언제 다가오는지, 언제 주먹을 내질렀는지도 못 봤습니다. 정신을 차려보니 저는 쓰러져 있었습니다."

"그만큼 빨랐다는 말이냐?"

"빠른 것이 다가 아닙니다. 그의 주먹은 제 얼굴을 피해 갔습니다. 제가 막거나, 피하지 못한다는 걸 알고 있었습니다. 그래서 저를 살리기 위해 제 얼굴을 피해 친 겁니다."

그의 말에 남궁세정이 이해가 되지 않는다는 듯 위지천의 얼굴을 살폈다.

"그런데 네 얼굴이 왜 이 모양인 것이냐?"

"풍압입니다."

"풍압?"

"주먹이 지나가고 생겨난 권풍. 풍압에 의해 짓눌린 겁니다."

대화를 마친 남궁세정이 위지천의 숙소를 빠져나왔다.

용천단의 정보를 캐내고자 위지천을 용천단에 붙였다. 무연의 실력도 파악할 겸 보낸 것인데 결과는 처참했다.

"위지천이 저리 말할 정도라니……."

남궁세정은 위지천이 했던 말을 곱씹으며 천천히 걸었다.

'풍압만으로 위지천급의 무인을 저렇게 만들 수 있는 이

가 중원에 몇이 되겠는가.'

남궁세정의 걸음은 점점 느려지더니 이내 멈추어 섰다.

'그냥 두어선 안 되는 자다.'

남궁세정의 눈이 번뜩였다.

*　　*　　*

소문은 빨랐다.

위지천이 만신창이가 되어 천소각으로 업혀왔다는 소문
은 빠르게 퍼져갔다.

위지천을 그렇게 만든 이가 용천단의 부단주 무연이라는
소문이 돌자 또 한번 용천단에 관한 이야기가 무림맹 내에
서 나돌았다.

"천고의 기재라고 불리는 위지천이 이번에 용천단 부단
주에게 깨졌다며?"

"상대가 전혀 되지 않았다더군!"

천소단원들은 삼삼오오 모여 위지천과 무연의 대결에 대
해 이야기를 나누었다.

다음 날 나타난 위지천이 멍든 얼굴을 내보이며 무연에
게 깨진 것이 사실이라 알리저, 용천단에 대한 명성은 더
욱더 널리 퍼져나갔다.

"천소각에선 온통 너와 위 소협의 얘기뿐이야."

운현이 장난스럽게 말하자 무연이 덤덤하게 고개를 끄덕
였다.

"그렇군."

"그렇군이 아니야. 하북팽가의 멸문을 막고, 중앙표국에
서 일어나는 혈교의 계략을 막은 것이 알려지면서 무림맹
은 온통 용천단 이야기뿐이야. 이번에 네가 위 소협을 만
신창이로 만들어놓은 것 때문에 무림맹의 이목이 온통 용
천단에게로 집중되었어. 모두의 주목을 받고 있다고."

운현이 답답한 듯 말하자 무연이 고개를 끄덕였다.

"잘됐어. 이목을 끌고 있다면 다행이지."

"눈에 띄면 안 되는 것 아니었어?"

"놈들의 계략을 알아낸 이상, 오히려 눈에 띄는게 나아.
그들은 내가 움직이는 걸 두려워해야 할 거야."

"여기 계셨……."

운현을 찾던 모용현이 무연을 발견하고 반갑게 인사하려
던 순간. 그녀가 말을 멈추고 무연을 바라봤다.

분명 무연이 맞았는데, 뭔가 달랐다.

"머, 머리가?"

항상 얼굴 절반을 덮고 있던 그의 앞머리가 사라진 것이
다.

그녀의 반응에 놀란 운현이 새삼스레 무연을 바라봤다.

"그러고 보니 앞머리가……?"

"빨리도 알아차리는군?"

"그, 그게. 몰랐어."

위지천의 사건이 너무도 커서 신경 쓰지 못했다.

무연의 맨얼굴을 보는게 처음인 운현이 이리저리 살폈다.

"멀쩡하네."

의미심장한 운현의 말에 무연이 인상을 찌푸렸다.

옆에 있던 모용현이 작은 푸념을 늘어놓았다.

"에이. 졌네!"

"졌다니?"

무연이 궁금하여 물었다.

모용현이 탐탁지 않은 표정으로 무연을 바라보았다.

"저는 무 공자님이 앞머리로 얼굴을 가린 이유가 커다란 상처가 때문일 거라 했거든요."

"여기 있었……!"

모용현 다음으로 등장한 화설이 무연을 발견하고 얼굴을 굳혔다.

"무, 무 소협?"

"그래."

무연을 발견한 화설이 현실을 부정하려는 듯 고개를 빠르게 저었다.

"그, 그럴 리 없어. 그럴 리 없다고요!"

후다닥 앞으로 다가온 화설이 두손으로 무연의 얼굴을 부여잡았다.

상당히 무례한 행동이었지만, 화설은 다급했다.

그녀는 무연의 얼굴을 이리저리 살피며 초조한 듯 입술을 잘근잘근 깨물었다.

"그, 그럴 리 없는데! 왜, 왜! 왜 멀쩡한 거예요!"

되레 화를 내는 화설의 모습에 무연이 찌푸린 얼굴로 말했다.

"그럼, 어떻게 생겨먹어야 하는데?"

"그야, 그야… 이렇게 멀쩡하면 안 되는데. 추남 아니었어요?"

화설의 물음에 무연이 고개를 저었다.

그의 모습에 화설이 한숨을 길게 내쉬며 머리를 감쌌다.

"크으… 내, 내 돈."

"설아. 넌 얼마 걸었는데?"

모용현의 물음에 화설이 두손가락을 펴 보았다.

"이십전?"

"아뇨. 은자 두냥이요."

"두냥?!"

놀란 모용현이 말도 안 된다는 듯 묻자 화설이 울상 지었다.

"그니까요. 하! 씨이!"

원망이 가득한 표정으로 화설이 무연을 노려보았다.

무연은 끄떡도 하지 않았지만, 화설은 원망 어린 시선으로 노려보았다.

그때, 멀리서 특유의 쾌활한 목소리를 가진 화설중이 나타났다.

"여! 운현! 여기 있었나?"

유쾌하게 등장한 화설중이 운현의 옆에 있는 무연을 보며 고개를 갸웃했다.

"이쪽은 누구셔?"

화설중의 물음에 모용현이 답답한 듯 무연이라 알려주려 입을 열려했다.

하지만 화설의 손이 더욱 빨랐다.

화설은 빠르게 모용현의 입을 막으며 화설중을 이끌었다.

"오, 오라버니. 지금 이게 중요한 게 아니에요. 빨리 이쪽으로 와보세요!"

"으, 응? 무, 무슨?"

졸지에 화설의 손에 이끌려 퇴장하는 화설중에 무연이 모용현에게 물었다.

"화설중이 멀쩡하다에 걸었나?"

"어… 네. 화 공자만 무 공자님의 외모가 정상이라고 했어요. 그냥 귀찮아서 기르고 있을 거라고…….."

왠지 그다운 대답이라 생각한 무연이 피식 웃었다.

"뭐야. 멀쩡하게 생겼군."

어느새 다가온 남궁청이 무연을 보며 말했다.

그의 등장에 무연이 물었다.

"너는 뭐에 걸었지?"

"아, 내기? 난 그런것 안 해."

"재미없는 녀석."

신형을 돌리며 툭 내뱉은 말이 비수가 되어 남궁청의 명치에 꽂혔다.

생각도 못한 무연의 공격에 남궁청이 얼굴을 굳히며 말했다.

"내, 내가 재미없다고?"

"이만 가보지. 지켜야 할게 있으니."

"응. 잘가."

"아니, 잠깐만."

남궁청의 말은 가볍게 무시한 무연이 빠르게 사라졌다.

방금까지만 해도 무연이 있던 자리를 멍하니 바라보던 남궁청이 어이없는 표정으로 운현을 봤다.

운현은 남궁청의 시선을 느끼고 그를 바라봤다.

그리고 곧 고개를 저었다.

"무연에게 그런 말을 듣다니……."

운현은 답이 없다는 듯 작게 중얼거리며 사라졌다.

남궁청의 얼굴이 붉으락푸르락하게 변했다.

남궁청은 최후의 보루라 할 수 있는 모용현을 바라봤다.

모용현은 어색하게 남궁청을 보았다.

"하하. 가볼게…요."

일순간이지만 모용현의 눈빛에서 느껴진 동정심에 남궁

청이 몸을 부들부들 떨었다.

"내, 내가 재미없다고?!"

그의 허망한 외침은 아무도 없는 허공에 울려퍼졌다.

*　　*　　*

무림맹의 지하감옥.

구주양은 뜬눈으로 밤을 지새웠다.

무연이 지켜준다 했지만 두려운 건 사실이었다.

항상 그의 곁에 있을 수는 없었기 때문이다.

"크흐흠!"

차디찬 땅바닥의 한기에 구주양이 몸을 뒤척이며 주변에 대충 깔려 있는 볏짚을 주워 뭉쳤다.

대충 새둥지처럼 깔려진 볏짚을 보며 구주양이 처량하게 몸을 웅크렸다.

"춥구나……."

늦은 새벽까지 뜬눈으로 지새우던 구주양의 눈꺼풀이 점점 무거워졌다.

"자면… 자면 안 되는데."

무거워진 눈꺼풀은 구주양의 의지를 반하고 눈을 덮기 시작했다.

해가 지고 달이 떠오른지 한참이 지났다.

곧 있으면 동쪽에서 해가 떠오르며 아침을 깨울 정도로 늦은 새벽.

구주양의 감옥에 검은 밀복을 입은 사내가 은밀하게 나타났다.

그는 성인 남자 손바닥 길이의 바늘을 꺼냈다.

극독초인 자황(紫怳)의 잎과 줄기에서 추출한 독이 발라진 바늘이었다.

이를 손에 쥔 사내가 자세를 낮춰 구주양의 목뒤에 바늘을 가져다댔다.

이대로 살짝만 찌르더라도 구주양은 독에 중독되어 서서히 죽어갈 것이다.

자황의 독은 처음엔 황홀감을 맛볼 만큼 강렬한 환각 증세를 만들다가 이내 호흡이 가빠지며 기도가 부어올라 질식하게 된다.

하지만 독은 체내에 흔적을 남기지 않고 사라지기 때문에 자황독에 의해 죽은 자는 사인(死因)을 찾기가 어려웠다.

단지 질식해서 죽었다는 것밖에는.

이러한 특성 때문에 흔적을 남기지 않게 사람을 죽여야 할 때 암수들이 가장 애용하는 독이 바로 자황독이었다.

사내는 누군가를 죽임에 있어 망설임이 없었다.

그건 구주양을 상대로도 마찬가지였다.

"흡!"

순간 사내의 눈이 커졌다.

구주양의 뒷목을 향해 바늘을 찔러넣기만 하면 되는데 손이 더 이상 앞으로 나아가지 못했다.

이는 그의 손에 들린 바늘도 마찬가지였다.

살짝 찌르기만 하면 되는데 손이 꼼짝도 하지 않았다.

이유는 사내의 손목을 잡은 정체불명의 손 때문이다.

"자황독인가. 역시 이럴 때는 자황독이 제일이지."

밀복의 사내는 빠져나가려 했지만, 사내의 힘이 너무나 강했다.

어둠 속에서 모습을 드러낸 건 검은 무복을 입고 뒷머리를 허리춤까지 기른 큰 키의 사내였다.

그는 어둠 속에서 회색빛 눈을 번뜩이며 사내의 손목을 비틀어 바늘을 빼앗았다.

"좋은 선택이야. 자황. 네게는 별로 좋지 않겠지만."

밀복 사내의 얼굴이 절망감으로 변해갔다.

복면 때문에 얼굴이 보이진 않았지만, 그의 눈동자엔 불안과 고통과 두려움이 가득했다.

하지만 그는 기분이 점점 좋아짐을 느꼈다. 한번도 느껴본 적이 없는 황홀감이 그를 덮쳐왔다.

몽롱해진 눈으로 밀복의 사내가 자리에 주저앉았다.

바늘을 손에 쥔 사내, 무연은 바늘을 벽에 박아넣은 뒤 은밀하게 사라졌다.

"으, 으아악!"

이른 아침.

구주양의 비명소리가 무림맹의 지하감옥을 가득 메웠다.

그림자밟기

"질식했군. 하지만 교살(絞殺)당한 흔적은 없어."

무림맹의 지하감옥.

벽에 밀착해 떨고 있는 구주양의 앞에서 맹에서 파견된 조사관 망덕이 싸늘하게 식은 시신을 살펴보고 있었다.

자황독은 흔적을 남기지 않았기 때문에, 망덕은 쉽게 밀복인의 사인을 찾을 수가 없었다.

"대, 대체 어떻게 지하감옥에 들어온 것이오? 무림맹의 지하감옥이 이리도 허술하단 말이오?"

짜증과 불신 섞인 외침에 망덕이 얼굴을 찌푸리며 구주양을 노려보았다.

그럼에도 구주양은 지지 않고 망덕을 바라봤다.

"후! 나도 밀복인이 들어온 경위를 찾고 있소."

"빨리 찾아주시오. 이러다 제명에 살 수가 없겠소."

"당신 때문에 죽은 천소단원들만 생각하면 열이 뻗치니 좀 닥치시오. 내 손으로 죽이기 전에."

망덕이 자신을 죽이지 못하리란 걸 알고 있었지만, 그의 말대로 구주양은 입을 다물었다.

여기서 떠들어 봤자 득 되는건 없었다.

괜히 무림맹의 무인들을 자극할 필요도 없었기 때문이다.

질식하여 죽은 밀복인의 허망한 눈을 보며 구주양이 눈매를 가늘게 좁혔다.

'혈교에서 보낸 암수일 테지, 헌데 왜 죽었을까… 사인을 살펴보면 아마 자황독에 당한 것 같은데…….'

팔짱을 낀 채 망덕의 뒤에서 시신을 살피던 구주양이 벽을 바라봤다.

그곳에는 아주 은밀하게 뭔가가 꽂혀 있었다.

가까이 다가가 살펴보니 벽에 꽂혀 있는 것은 다름 아닌 암수들이 암살을 행할 때 자주 쓰는 비살(秘殺)이라는 바늘이었다.

'암수가 제 몸에 자황독을 주입하고 죽었을 린 없다. 그렇다면 비살을 벽에 꽂아놓을 수도 없겠지…….'

골똘히 생각하던 구주양이 눈을 번쩍 떴다.

'무연⋯⋯!'

아무도 모르게 다가와 암수를 제압하고 비살을 벽에 꽂아넣은 뒤 사라질 수 있는 자.

구주양을 지켜준다고 했던 남자.

무연을 떠올린 구주양이 자리에 털썩 주저앉았다.

"진심⋯이었나."

단지 자신을 안심시키기 위한 말이라 생각했건만 무연은 진심이었다.

"허허⋯⋯."

묘한 기분에 구주양이 허탈하게 웃었다. 그리고 비살에 대해서는 함구했다.

말해주지 못할 것도 없었지만, 망덕이 내뱉은 말을 곱씹자 화가 났기 때문이다.

'이놈. 고생 좀 해봐라.'

밀복인을 살피며 모르겠다는 표정을 짓는 망덕을 보던 구주양이 팔짱을 끼며 고개를 숙였다.

"구주양을 노린 암수가 무림맹 지하감옥에서 숨진 채 발견되었다는구나."

도원의 말에 용천단원들이 서로를 바라봤다.

와중에 한소진은 무연을 바라봤다.

한소진은 암수가 죽은 이유를 알 것 같았다.

"그래서 지하감옥에 대한 경계강화가 이루어지고 있지.

실제로 지하감옥에 대한 재설비도 준비하고 있다. 하지만 중요한건 그게 아니다. 우리가 여기서 발견해야 하는건."

"무림맹 내부에서 구주양을 암살하려 했다는 것 아닙니까?"

백건의 말에 도원이 고개를 끄덕이며 말했다.

"그래. 백건의 말이 맞다. 현재 무림맹 내부에서 구주양을 암살하려는 움직임을 보였다. 지하감옥이 뚫린 이유도 이와 같겠지. 어떤 이유에서 암수가 죽었는지는……."

도원이 은근한 표정으로 무연을 바라봤다.

그가 생각했을 때 암수를 죽인 자는 무연인 것 같았기 때문이다.

무연은 말없이 도원을 바라보며 고개를 살짝 끄덕였다.

"역시 너로구나. 어떻게 죽인 것이냐? 들어보니 사인을 찾지 못해 애를 먹고 있다는데."

"애를 먹는다라… 현재 암수에 대한 조사를 하고 있는 자가 누구입니까?"

"망덕이란 조사관이다."

자리에서 일어난 무연이 도원을 향해 말했다.

"잠시 다녀와도 되겠습니까?"

"그래. 헌데 무슨 이유에서인지 물어봐도 되겠지?"

"그자에게 알아볼게 있습니다. 그리고 암수는 자황독에 의해 죽었습니다. 비살의 끝에 자황독을 발라두었더군요."

"흠. 자황독이라, 귀한 독초로군. 다녀오너라."

"예."

무연이 움직이려 하자 자연스럽게 한소진도 자리에서 일어났다.

오히려 한소진은 자신의 행동에 놀랐는지 잠깐 눈을 끔벅이다가 무연을 바라봤다.

그녀의 행동에 무연이 말없이 고개를 끄덕이자 한소진이 다가왔다.

둘이 함께 용천각을 나서자 장현과 장혁이 서로를 보며 미소지었다.

"역시."

"역시."

같은 얼굴의 쌍둥이가 서로를 보며 같은 말을 뱉는 모습에 왠지 모를 소름을 느낀 우윤섭이 몸을 부르르 떨었다.

무연과 한소진이 빠져나가자 도원이 나머지 용천단원을 보며 말했다.

"너희들도 대충 돌아가는 모습을 보고 무림맹 내부에서 심상치 않은 일이 벌어지고 있음을 알고 있을게다."

"네."

"그리고 이제부터 각 문파에 대한 조사를 실시할 것이다. 이는 대문파, 중소문파를 가리지 않는다."

대문파와 중소문파를 가리지 않는다는 도원의 말에 이범이 심각한 표정으로 물었다.

"대문파라면 구파일방과 오대세가를 말씀하시는 겁니까?"

"그래. 모든 문파에 대한 조사를 실시할 것이다."

그의 말에 용천단원들이 고개를 끄덕였다.

단 한번도 이루어진 적 없던 구파일방, 오대세가에 대한 감찰이 시작된 것이다.

* * *

"뭘 확인하러 가는 거지?"

한소진의 물음에 앞서 걷고 있던 무연.

걸음 속도를 낮춰 한소진과 나란히 선 뒤 말했다.

"암수를 보낸 자에 대해서 알아봐야겠어."

지하감옥에 도착한 무연은 용천단원이라는 신분확인을 거친 후 들어갈 수 있었다.

도착한 곳 외곽에는 구주양이 쭈그려 앉아 전보다 아련해진 눈빛으로 무연을 바라보았다.

무연은 그의 시선을 무시한 채 망덕에게 다가갔다.

"뭐, 알아내신 거라도 있으십니까?"

"아, 용천단입니까?"

용천단원복을 알아본 망덕이 무연을 슬쩍 본 뒤 다시 눕혀놓은 암수를 보며 고개를 저었다.

"전혀 사인이 존재하지 않습니다. 질식사를 한 걸로 보이는데, 어떤 식으로 질식당했는지에 대해 알 길이 없군요."

정말 모르겠다는 듯 암수를 살피며 망덕이 머리를 긁적였다.

무연이 벽에 꽂혀 있던 비살을 뽑아 망덕에게 건넸다.

"벽에 박혀 있더군요."

"음? 이건… 비살인가."

비살을 발견한 망덕이 이리저리 살펴보다가 끝에 남아 있는 자주색 흔적을 보며 눈매를 좁혔다.

자주색의 독은 여러개가 있었다.

그중 밀복인의 죽음과 가장 관련 있는 독에 대해 망덕이 모를 리 없었다.

"자황독… 자황독이로군. 아~ 이제야 아귀가 맞군. 자황독에 중독되어 죽은 것인가? 그런데 왜… 자기가 자기를 찔렀을 린 없을 테고."

"침입자가 구주양을 자황독으로 암살하기 전 누군가의 방해를 받아 되레 자신의 찔려 중독되었습니다."

감옥을 둘러보며 무연이 말을 건네자 망덕이 얼굴을 굳히며 물었다.

"그걸 어찌 아는 겁니까?"

"제가 했습니다."

"뭐, 뭐라고요?"

망덕이 놀라 묻자 무연이 덤덤하게 밀복인을 보았다.

"늦은 새벽, 구주양의 목숨을 노리고 들어온 암수를 제가 죽였습니다. 그의 비살을 빼앗아 그자의 몸에 박아넣었고, 그는 자황독에 중독되어 죽었습니다."

"왜 진즉에 알리지 않은 겁니까?"

망덕이 알 수 없다는 듯 묻자 무연이 주변을 둘러보며 말했다.

"그럼 알아낼 수 없었을 겁니다."

"알아낼 수 없었을 것이라?"

"암수를 보내온 자가 누구라 생각하십니까?"

무미건조한 무연의 말에 망덕이 얼굴을 굳혔다. 그리고는 고개를 휘휘 저었다.

"잘 모르겠… 설마, 지금 무림맹을 의심하시는 겁니까?"

"달리 누가 무림맹의 지하감옥에 암수를 보내겠습니까? 그들은 벌써 두번이나 구주양을 암살하려 했습니다. 하지만 무림맹에서는 아무런 눈치도 채지 못하였고, 보호도 해주지 못했습니다. 이유가 무엇이겠습니까?"

차분하게 이어지는 무연의 물음에 망덕이 쉽게 대답하지 못했다.

그도 그럴 것이 무연의 말엔 틀린 것이 없었다.

그도 무림맹의 일원으로서 반박하고는 싶었지만, 그의 말대로 무림맹 지하감옥에 투옥된 사람을 암살하려는 것

이 외부인일 순 없었다.

아니, 그래야만 했다.

그것이 아니라면 현재 무림맹의 경비가 단 한명의 암수에게 뚫렸다는 의미일 테니.

"신원은 확인했습니까?"

무연의 질문에 망덕이 밀복인을 보며 말했다.

"처음 보는 얼굴입니다. 조사관인 제가 모르는 얼굴이니, 이자의 얼굴을 아는 자가 무림맹에는 없을 겁니다."

"아니, 있을 겁니다."

단호한 말에 망덕이 의아한 표정으로 바라보자 무연이 빙긋 미소지었다.

"그자를 보내온 자들은 알고 있겠죠."

의미를 알기 힘든 말을 건넨 무연이 밀복인에게 다가갔다.

죽은지 시간이 지나 차갑고 딱딱하게 굳은 그자를 보던 무연이 망덕을 향해 말했다.

"조사내용에 대해 발표를 하시지요?"

"아무래도 맹주님과 장로들에겐 보고해야겠죠."

"그럼 협조 좀 부탁드려도 되겠습니까?"

"무슨… 협조를 말입니까?"

망설이는 망덕을 향해 무연이 다가가 바로 앞에 섰다.

큰 키를 가진 무연은 대부분의 사람을 내려다보았다.

망덕은 작은 키를 가지고 있어, 무연보다 한참 아래에 있었다.

신형을 낮춘 무연이 망덕을 정면으로 마주보고 섰다.

"지하감옥에 밀복인과 비슷한 체형을 가진 수감수가 있더군요."

"그게 뭐… 아니, 잠깐. 설마…….”

"그자를 밀복인으로 위장시켜주십시오. 그리고 밀복인이 독에 중독되어 있었던 것이지 사실은 죽은 것이 아니었다. 이 밀복인이 자신을 보내온 자에 대해 말한다 했다고 해주십시오.”

"나랑 장난하자는 것이오?!"

망덕이 성을 내며 말했다. 무연이 입가에 두고 있던 미소를 지우며 그의 뒷목에 천천히 손을 가져다댔다.

"제가 장난하는 걸로 보이십니까?"

천천히 내뱉은 무연의 말이 망덕의 귓가에 울렸다.

아무런 감정도 느껴지지 않는 무연의 눈동자를 보던 망덕은 정신이 아찔해짐을 느꼈다.

본능적으로 눈을 감으려던 망덕은 느껴지는 무연의 기세에 감지도 못하고 부릅뜬 채 정면으로 바라봤다.

"미안하지만 난 장난할 생각이 없고, 시간도 없습니다. 이 모든 일에 대한 책임은 용천단이 질 것이니 내 말에 따라주십시오. 정녕 무림맹을 위한다면."

'아니, 그건 안 될 짓이네. 장로들과 맹주를 속이다니!'라고 그는 말하려 했다.

하지만 몸은 의지와 상관없이 고개를 끄덕이고 있었다.

단지 눈을 마주했을 뿐인데 몸이 의지대로 움직여주질 않았다.

본능이 그의 의지를 벗어났다.

"그럼 수감수에겐 제가 말해놓겠습니다."

미소를 지은 무연이 망덕의 어깨를 가볍게 두들겨준 후, 신형을 돌려 들어오면서 봐두었던 수감수에게 다가갔다.

오랫동안 수감되어 있던 탓인지 모든걸 체념한 듯한 그는 몽롱한 눈으로 벽을 보며 무연이 지나가든, 말든 신경 쓰지 않았다.

단지 무연의 뒤에 서 있는 한소진을 발견하고는 눈을 반짝일 뿐.

"얼마나 오랫동안 감옥에 갇혀 있었지?"

무연이 물었다.

검은 수염이 덥수룩하게 난 남자는 한소진에게로 시선을 고정시키고 있었다.

무연이 손짓하자 감옥을 지키던 무인 중 한명이 문을 열어주었다.

문이 열리자 수감수가 무연을 바라봤다.

하지만 이내 그의 시선은 다시 한소진에게로 향했다.

"얼마나 감옥에 갇혀 있었지?"

남자에게 다가선 무연이 물었다.

온몸을 결박당한 채 앉아 있는 남자는 여전히 대답하지

않았다.

"나는 두번 말하는 걸 별로 좋아하지 않아. 하지만 너에게 두번씩이나 같은 질문을 해줬지. 그게 무슨 뜻인지 알겠나?"

신형을 낮춰 남자의 앞에 무릎을 굽히고 앉은 무연이 물었다.

그제야 결박된 남자의 시선이 한소진에게서 무연으로 넘어왔다.

"퉤……!"

쿵—!

침을 뱉을 요량으로 입술을 오므리던 남자의 턱이 치솟으며 머리가 강하게 벽에 부딪쳤다.

번개처럼 뻗어온 무연의 오른손이 남자의 턱을 잡고 들어올려 벽에 밀친 것이다.

"끄으으……!"

벽에 머리를 박은 남자가 신음성을 흘렸다.

무림맹은 수감된 죄수에게 심문을 하거나, 죄수가 반항하지 않는 이상 폭력을 가하진 않았다.

하지만 무연은 달랐다.

턱을 쥔 채 남자의 머리를 천천히 내린 무연이 입을 열었다.

"내가 뭘 물어봤지?"

떨리는 눈동자의 남자가 간신히 입을 열었다.

"사… 사년이다."

"사년이라. 바깥공기가 그리워질 법하군. 그래. 무슨 죄를 지었지?"

"니들이 알아서 알아… 끅!"

꿍—!

남자의 머리가 다시 한번 벽에 강하게 박혔다.

머리가 찢어진 듯 피가 벽에 묻었다.

다시 한번 턱을 잡고 내린 무연이 그를 무심히 바라보자 남자가 급히 입을 열었다.

"사, 사기요. 잡초를 영초라 속여 문파에 팔아넘긴 죄로 수감되었소……."

"그 정도면 지하감옥에 갇힐 정도는 아닐 텐데?"

"그게… 사실, 말하자면 긴데……."

"그럼 줄여서 말해."

딱딱하게 변해가는 무연의 목소리에 놀란 남자가 눈을 끔벅이며 빠르게 말했다.

"정력초라 속이고 팔아넘긴 잡초 탓에 신흥문파의 문주가 주화입마에 빠졌소."

"흐음?"

"나이가 지긋한 양반이, 후에 얻은 젊은 새 부인과 잠자리를 가지며 내가 팔아넘긴 정력초를 먹었다고 하오. 헌데 이게 알고 보니 독초였던 모양이오. 문파의 문주 정도 되는 사람이 극독초도 아닌 독초 때문에 주화입마에 걸렸다는게 조금 우습지만 나이도 나이고, 잠자리를 가지고 있던 중이었으니 아무래도……."

무연이 흥미로운 듯 남자의 말을 듣고 있다가 물었다.

"신흥 문파라. 그곳이 어디지?"

"산동에 생긴 문파인데. 두개의 중소 문파가 서로 힘을 합쳐 하나의 문파가 되었다고 했소. 이름이 아마… 쌍룡문(雙龍門)이라고 했던 것 같소. 태산문과 요령문이 합쳐졌다고 들었소. 태산문은 산동에서 이미 유명한 문파로 이름을 날렸고, 요령문은 생겨난 지 얼마 안 된 문파라 했소. 어느 날 요령문의 젊은 여문주였던 소소량이 태산문의 문주였던 이몽우와 결혼을 하면서 두 문파가 합쳐졌소."

이야기를 듣는 내내 무연은 흥미롭다는 듯 고개를 끄덕이다가 남자의 말이 끝나자 일어섰다.

"결국 쌍룡문의 문주 이몽우가 주화입마에 빠진 것이 네 탓이라 이곳에 갇힌 거냐?"

"뭐, 한 문파의 문주를 주화입마에 빠뜨렸으니 살아 있는 것으로도 용하다 할 수 있소."

"그래. 알았으니 네가 날 도와줘야겠다."

무연의 제안에 남자가 인상을 찌푸렸다.

"그게 무슨 말이오?"

"잡초를 영초라 속여 팔아왔다면 말솜씨가 뛰어나다는 것이고, 이는 거짓에도 능하다는 말이겠지?"

"아무래도, 이놈의 입과 말재간으로 먹고살아왔으니 어

쩔 수 없는 것 아니겠소?"

"그러니 이제 그 능력으로 나를 도와야겠다. 어쩌면 네 형량을 줄여줄 수도 있겠지."

무연의 말을 들은 남자가 피식— 웃으며 고개를 저었다.

"일없소. 내 형량은 문주가 주화입마를 벗어난 뒤로 5년 이오. 헌데 문주는 아직 깨어날 기미도 보이지 않는 것 같 고, 나이도 있으니 곧 절명할 것이오. 그러면 형량은 내가 죽을 때까지로 볼 수 있소. 헌데 내가 왜 당신을 돕는단 말 이오?"

고개를 숙이고 눈을 감는 사내.

무연이 사내의 어깨에 손을 얹었다.

"수감되어 있으면서 쌍룡문에 대한 의아함을 느껴본 적 은 없나?"

"그게 무슨 말이오?"

쌍룡문의 이야기가 나오자 흥미가 생겼는지 남자가 고개 를 들어 무연을 바라봤다.

그러자 무연이 사내를 향해 조용히 말했다.

"새로 생겨난 문파의 젊은 여문주가 왜 태산문의 문주인 이몽우와 결혼을 했을까. 그리고 왜 이몽우는 주화입마에 걸렸을까. 궁금하지 않나?"

"그야 태산문의 위명이 점점 드높아지니 문파의 지위를 상승시키기 위해 일종의 정략결혼을 한 것이 아니겠소?"

"표면적으로 봤을 때는 그리 볼 수 있겠지만, 만약 소소량이란 여자가 태산문을 자신의 것으로 만들기 위해 이몽우를 이용했고, 결혼이 성공하자 그를 주화입마에 빠지게 했다면?"

무연의 말을 들은 남자의 눈이 크게 흔들렸다.

단 한번도 생각해본 적 없는 이야기였다.

"그런 말도 안 되는……."

"만약 쌍룡문의 현 문주가 소소량이거나 그녀와 연관된 자라면 아주 불가능한 이야기도 아니겠지."

"그렇게 되면 내, 내 혐의는……."

"사기에 대한 처벌은 받아야겠지만 이미 사년을 살았으니 받았다 할 수 있지. 이몽우의 주화입마가 독초 때문이 아니라 소소량의 짓이라는 것이 밝혀진다면 더 이상의 옥살이를 피할 수 있을 거다."

철렁!

그의 몸을 결박하고 있던 쇠사슬이 거칠게 철렁였다.

"도, 도와주시오. 제발!"

간절하게 부탁하는 남자의 모습에 무연이 고개를 끄덕였다.

"네가 나를 돕는다면 나도 너를 돕지."

"어, 어찌 도우면 되겠소?"

"암수가 되어라."

* * *

"굳이 저자를 이용해야 하는 거야?"

감옥을 빠져나온 한소진이 무연을 향해 물었다.

무연이 고개를 끄덕이며 주변을 둘러보았다.

"누구의 눈에도 띈 적 없는 사람이 필요해. 난생 처음 보는 남자가. 그래야 속일 수 있어."

그의 말에 한소진이 작게 고개를 끄덕였다.

앞으로 해야 하는 일을 위해서는 그 누구의 눈에도 띈 적 없는 사람이 필요했다.

무림맹은 넓으면서도 서로가 서로에게 얽혀 있는 사람들로 구성되어 있었다.

하지만 지하감옥에 투옥된 이를 본 자는 없었다.

그를 투옥시킬 때 투입된 인원들은 있겠지만, 사년 전에 한번 본 남자를 기억하고 있을 리 만무했다.

"망덕이 그들과 관련이 있다면?"

"구주양은 이미 죽었겠지. 내가 가기 전에."

"이제 어쩔 거야?"

"준비가 되기 전에 양소걸을 만나야 해. 개방의 일은 그에게 맡겼으니."

말을 마친 무연이 빠르게 천소각으로 향했다.

* * *

"이게 왜 필요하신 겁니까?"

개방에서 무림맹으로 파견된 개방도 중 한명인 도욱이 양소걸을 향해 물었다.

양소걸은 도욱이 건넨 자료를 받고 장난스럽게 미소지었다.

"너는 알 것 없단다. 도욱아. 어른들의 일이니 말이야."

"알겠습니다."

도욱은 가볍게 고개를 끄덕이며 사라졌다. 자료를 받은 양소걸이 자리에 주저앉아 서류들을 살펴보았다.

"무림맹에서 날아간 전서구의 수는 두마리… 하지만 보고된 전서구는 한마리라……."

무연에게 자료를 보내준 것과 같은 시기에 전서구가 한마리 더 무림맹의 하늘을 날았다. 하지만 보고된 전서구는 한마리뿐이었다.

답답함을 느낀 양소걸이 주변을 둘러보았다.

지금 이곳은 무림맹에 마련된 개방분타였다.

내 집 같던 이곳이 어느 순간부터 남의 집처럼 낯설게 느껴졌다.

개방이 의심된다는 무연의 말을 들은 이후부터 모든 것이 의심스러웠다.

양소걸은 속으로 아닐 거란 굳은 믿음을 가지고 있었다.

자료들을 모으면서부터 조금씩 의문점이 쌓여갔다.

"양소걸."

"음, 아! 분타주님."

취설객.

다섯개의 매듭을 가진 개방의 호법이자, 현재 무림맹 개방분타의 분타주으로 있는 자였다.

서열상으로 양소걸보다 한참 위이니 자리에 일어서 고개를 숙이며 예를 갖췄다.

"뭘, 거지끼리 예를 갖추고 그러나. 하하!"

"맹이지 않습니까?"

"하긴, 그것도 그렇군. 하하하!"

호탕한 취설객의 웃음에 양소걸이 함께 미소지었다.

능력도 능력이요.

호방한 성격과 서열을 가리지 않는 친화력 탓에 개방 내에서도 입지가 높은 자였다.

양소걸이 존경하는 거지 중 한명이었다.

불안한 마음을 품고 있던 양소걸은 취설객의 등장에 기분이 좀 나아지는 것 같았다.

"요즘 개방의 최근 보고서에 대한 자료를 모으고 있다고?"

자신이 품고 있던 의문점에 대해 의논할 요량으로 양소걸이 질문을 건네려는데 취설객이 서글서글한 얼굴로 물었다.

순간 취설객을 향해 미소짓고 있던 양소걸의 손이 멈추었다.

미소는 여전했지만 알 수 없는 불안감이 양소걸의 등을 타고 흘렀다.

"네. 모으고 있습니다."

"이유 좀 알 수 있을까?"

웃는 얼굴의 취설객의 모습을 보며 양소걸이 고개를 끄덕였다.

"못 알려드릴 것도……."

양소걸의 눈이 취설객을 똑바로 바라봤다.

"없지요."

의심(疑心)

"그래. 역시 모름지기 남자라면 야망이 있어야지!"

취설객이 양소걸의 어깨를 강하게 두들겼다.

느껴지는 묵직함에 양소걸이 살짝 이마를 찡그리며 말했다.

"헌데 궁금한게 있습니다. 알고 있는 바로는 이 시기에 날아간 전서구의 수는 두마리인데, 어째서 보고된 것은 한 마리인 겁니까?"

"어디 보자."

취설객이 양소걸에게서 자료를 받아 천천히 읽었다.

그리고는 작은 신음성과 함께 찡그린 얼굴을 절레절레

저었다.

"이런, 아무래도 잘못 기재가 된 것 같구나. 에잉! 요즘 것들은 일에 대한 책임감이 없다니까. 이 건에 대해서는 징계를 내려야겠구나. 이런 사소한 것 하나까지 틀리고 말이야. 요즘 이러한 실수들이 잦은걸 보니 아무래도 무림의 평화가 개방도에게 독이 되고 있는 모양이야. 나태해지고 있는 게야. 쯧쯧!"

혀를 차며 고개를 저은 취설객이 자료를 다시 양소걸에게 건넸다.

"너도 언젠간 두개의 매듭을 더 달고 호법이 되겠지?"

취설객의 물음에 양소걸이 쑥스러운 듯 머리를 긁적였다.

"먼 훗날의 이야기지요. 아직은 멀었습니다."

"에고."

자리에 앉은 취설객이 어깨와 무릎을 두들기며 칭얼거렸다.

"이 나이가 되면 뼈마디가 다 쑤신단 말이지. 이건 무림인이든, 범인이든 다 똑같은 것 같아."

"아직 정정하시지 않습니까?"

"정정은 무슨. 죽지 못해 살고 있는 게지. 중원의 이런 평화로움은 이 늙은이에게 철창 없는 감옥과도 같구나."

들려오는 말에 양소걸이 취설객을 바라봤다.

그는 멍하니 하늘을 바라보며 몸을 두들기고 있었다.

아련한 눈으로 흘러가는 구름을 지켜보았다.

"권태로우십니까?"

"아니, 권태롭다기보다는… 시대가 저물어간다는 느낌이구나."

"왜 그런 얘기를 하시는 겁니까?"

"하하. 아니다. 그저 늙은이의 한탄일 뿐이다. 신경 쓰지 말거라."

자리에 일어선 취설객이 양소걸을 보며 말했다.

"분타주가 되고 싶다고 했지?"

양소걸이 자리에 일어서며 고개를 끄덕였다.

"그렇습니다."

"분타주는 개방의 분타를 이끄는 지도적 능력을 가지고 있어야 한다. 대인을 다루는 능력도 함께. 하지만 가장 중요한 것이 무엇인줄 아느냐?"

"가르침을 내려주시겠습니까?"

양소걸이 살짝 고개를 숙이며 청하자 취설객이 그의 고개를 들어올렸다.

그리고는 자신의 눈가를 살짝 두들겼다.

"혜안(慧眼)이다. 사람을 보는 눈, 미래를 보는 눈을 가지고 있어야 한단다."

"네. 알겠습니다."

"현명해지거라."

말을 마친 취설객이 떠나자 양소걸이 멍하니 자리에 섰

다.

그리고는 들고 있던 자료를 굳게 말아쥐었다.

"휴……."

깊고 긴 한숨을 내뱉은 양소걸이 취설객이 떠난 자리를 바라보았다.

복잡하던 머리가 천천히 정리가 되어가는 것 같았다.

눈을 감고 심호흡을 몇 차례 한 양소걸이 눈을 살며시 뜨며 개방 분타를 향해 중얼거렸다.

"혜안이라……."

말아쥐었던 자료를 펼친 양소걸이 말했다.

"현명해지겠습니다. 분타…주님."

* * *

"도욱아."

양소걸의 부름에 따스한 햇살에 몸을 데우고 있던 도욱이 일어났다.

"무슨 일이십니까?"

"부탁이 있다. 도욱아."

"무엇입니까?"

빠르게 다가간 양소걸이 도욱의 어깨에 양손을 올렸다.

"내 널 믿을 수 있겠느냐?"

"무슨 뚱딴지같은 소리입니까? 믿으시면 믿으시는 거

고, 믿지 못하시면 믿지 못하시는 거죠."

"하하. 그래. 내 널 믿어보마. 같은 시기에 두마리의 전서구가 산서를 향해 날았다. 하나는 용천부단주를 향해 날았는데, 이는 내 요청에 의해서였다. 헌데 다른 한마리는 보고된 기록이 없구나."

점점 이야기가 심각해지자 도욱이 가벼운 표정을 풀고 다소 진지한 표정으로 양소걸을 바라봤다.

"네가 보고되지 않은 전서구를 날린 이들을 찾아주었으면 좋겠구나."

"무림맹 개방분타 개방도의 수는 백오십명입니다. 그중에 전서구를 관리하는 이들은 이십명이죠."

"그중에는 없을 게다."

양소걸의 말에 도욱이 고개를 끄덕였다.

"나머지 백삼십명에서 찾아야겠군요."

어리지만 당찬 도욱의 말에 양소걸이 잠시 고개를 떨구고 바닥을 향해 긴 한숨을 내쉰 후 작게 말했다.

"도욱아. 나의 부탁이 네겐 위험이 될지도 모른다."

"그 말은… 가족이 제게 위험이 된다는 말인가요?"

가족이라는 말.

개방도들이 다른 방도들을 지칭할 때 하는 말이었다.

그만큼 개방도들은 끈끈하고 긴밀한 유대를 가지고 있음을 뜻했다.

"아니, 아직 확실한 건 없단다. 하지만……."

"알겠습니다. 조심히 그리고 조용히 알아보겠습니다."

"그래. 부탁한다."

총총걸음으로 멀어져가는 도욱을 보며 양소걸이 입술을 잘근잘근 깨물었다.

취설객이 마지막에 했던 말이 머릿속을 떠나질 않았다.

현명해지라는 말.

보통의 때라면 그 말 그대로 받아들였겠지만, 양소걸은 취설객의 말에서 이유 모를 불안함과 이질감을 가졌다.

마치 잘 판단해서 생각하고 행동하라는 듯한 취설객의 말.

"그럴 리, 그럴 리 없다."

고개를 저었지만 의심은 가시지 않았다.

그때 멀리서 익숙한 얼굴이 가까워져 오고 있었다.

"무… 동생?"

앞머리가 사라져 얼굴이 훤히 드러난 무연의 얼굴을 처음 본 양소걸이 새삼스러운 표정으로 훑어보았다.

"꽤나 괜찮은 얼굴을 지녔군. 자네?"

"어찌되었습니까?"

"자네가 말한 대로 두마리의 전서구가 맹의 하늘을 날았네. 하지만… 보고된 전서구는 한마리야. 분타주님의 말대로라면 잘못 기록된 것인데 일단 아는 부하를 시켜 알아보는 중이야."

"분타주님과 얘기는 나눠보셨습니까?"

"얼떨결에⋯⋯."

말을 마친 양소걸의 표정이 좋지 않자 무연이 물었다.

"무슨 대화를 나눴습니까?"

"별다른 대화는 없었어. 단지 시대가 저물고 있다고 하셨네. 오랜 평화로 인해 권태로우신 것 같아. 그분도 무인이니까."

"잠깐."

무연이 얼굴을 굳히며 말했다.

"그 말을 분타주님이 직접 했습니까?"

"직접은 아니고, 약간 그런 의도로 말씀하신 것 같아서."

"이번에 구주양을 암살하려던 밀복인을 다른 자로 위장시켜 위증을 시킬 것입니다. 그리고 저는 밀복인의 배후로 개방을 지목하라고 할 겁니다."

"개, 개방을? 아직 명확한 증거도 없지 않은가?"

"일단 찔러보는 겁니다. 그러니 그동안 분타주님의 행동을 살펴봐주십시오. 어느 쪽으로든 반응을 보일 겁니다."

"알겠네."

가족 같은 개방의 분타주님을 감시한다는 게 마음에 걸렸지만, 양소걸은 고개를 끄덕였다.

양소걸과의 만남을 끝낸 무연이 한소진을 바라봤다.

"네가 해줄게 있어."

"말해."

"광암님이 정사대전에 대한 정보를 모으고 있었어. 헌데

그 정보들이 과거 개방도에 의해 쓰였기 때문에 진실성을
장담할 수 없는 상황이야."

"그래서?"

무연이 한소진의 앞으로 다가가 앞에 섰다.

말없이 서 있는 무연에 한소진이 살짝 물러서며 물었다.

"뭐야?"

한소진이 멀어지자 무연이 다가섰다.

다시 한소진이 멀어지면 그만큼 무연이 다가갔다.

"왜 다가오는 거야. 거기서 말해도 들려."

"그래서 안 되는 거야. 가만히 있어."

빠르게 무연이 다가와 고개를 숙여 한소진에게 얼굴을
가져다댔다.

갑작스러운 행동에 몸을 피하려 했지만, 무연이 좀 더 빨
랐다.

무연의 손이 뱀처럼 한소진의 목덜미를 감쌌다.

무연의 입술이 빠르게 한소진에게 다가갔다.

빠져나갈 길도 없었고 피할 수 없을 정도로 무연은 손길
은 빨랐다.

어쩔 수 없이 옴짝달짝 못하게 된 한소진이 다가오는 무
연을 보며 눈을 질끈 감았다.

하지만 예상했던 입술의 감촉은 느껴지지 않았다.

대신 무연의 숨소리가 귓가에 들려왔다.

"마교의 자료가 필요해."

무연의 말을 듣는 순간 한소진의 눈이 더할 나위 없이 커졌다.

동시에 두 팔로 무연을 밀치며 뒤로 물러섰다.

"그게 무슨 말이야?"

한소진의 목소리가 한없이 차가워졌다.

"무림맹이 지니고 있는 자료는 개방도의 증언에 의해 쓰인 거야. 만약 혈교와 개방이 어떤 식으로든 연관이 있었다면, 조작된 자료일 수도 있어. 하지만 마교는 다르겠지."

"그걸 왜 나한테 부탁하는 거지?"

"이유를 말해줘야 하나?"

무연의 물음에 한소진이 그의 눈을 바라봤다.

항상 봐왔지만, 아무것도 느껴지지 않는 심연과도 같은 눈동자.

한소진이 조용히 물었다.

"언제부터지?"

"적갈색 머리와 붉은 눈을 가진 자는 드물지."

말아쥔 한소진의 손이 조금씩 떨려왔다.

"이렇게 탁 트인 곳에서 할 얘기는 아닌 것 같지? 장소를 옮기자."

"그래."

용천각.

무연의 숙소에서 두사람이 마주섰다.

잠시 말없이 바라보던 한소진이 침대에 걸터앉으며 무연을 올려다보았다.

"애초에 내가 신교도인 걸 알고 있었나?"

"단각의 손녀라는 것도 알고 있지."

"왜 그동안 말하지 않았지?"

"굳이 밝힌 이유는 없었으니까."

한소진이 이해가 되지 않는다는 표정으로 무연을 향해 물었다.

"내 존재가 아무렇지도 않나?"

"단명우의 죽음에 대한 진실을 밝히고자 온게 아닌가? 나는 정사대전의 비밀을 풀기 위해 이곳에 왔다. 무림맹으로."

"정사대전의 비밀?"

"왜 정사대전이 일어났으며, 단각과 송월은 왜 싸워야 했으며, 단명우는 왜 죽었는지에 대한 진실. 승자가 기록한 역사가 아니라."

한소진이 자리에 벌떡 일어섰다.

"이유가 뭐지? 스승에 대한 복수인가?"

"아니, 내가 잃은 모든 것에 대한 복수지."

"진실을 알아낸 후에는… 어떻게 할 셈이야?"

심연같이 깊고 무심하던 무연의 눈동자에서 진득한 살의가 흘러나왔다.

"만약 내가 잃은 것들에 대해 조금이라도 관련이 있거나 도움을 준 자가 있다면."

한소진은 처음으로 무연이 두렵다고 느껴졌다. 그만큼 무연의 살기는 짙었다.

"모조리 죽일 생각이다."

"미안하지만 나는 신교 내에서 힘을 쓸 수가 없어. 내 입지는 완전히 바닥이니까."

"단각의 죽음에 대한 책임을 네가 지게 되었군."

"그런 셈이지. 신교는 힘이 곧 권력이고 서열이야. 정사대전에서 패배한 내 할아버지의 입지는 신교에서 끝없이 추락했고, 내 위치도 마찬가지야."

"그렇다면 지금 마교의 최고 서열은 누구지?"

우드득─!

한소진의 입에서 이가 갈리는 소리가 살벌하게 들려왔다.

평소 표정의 변화를 보이지 않던 얼굴에 분노라는 감정이 확연하게 드러났다.

그만큼 그녀가 분노하고 있음을 알 수 있었다.

"신천우, 현재 신교 내의 최고서열자로 나와 내 가족을 몰아낸 자다."

"신천우… 실력은?"

"신교내 최고서열자인 만큼 무공 수준은 절정을 넘어선 지 오래야. 어쩌면 차기 마신이라 불릴지도 모른다고 할 정도이니."

"그렇군. 마교 내에서 정보를 알아낼 방법은 없는 건가?"

무연의 물음에 잠시 고민하던 한소진이 고개를 저었다.

"아니, 한가지 방법이 있긴 해."

"한가지 방법?"

"신천우는 나와 혼인하기를 원했어. 사랑해서가 아니라, 내가 마신이었던 단각의 손녀이기 때문이지."

그녀의 말이 끝나기가 무섭게 무연이 얼굴을 찡그리며 고개를 저었다.

"최고서열자와 혼인이라도 하겠다는 거야?"

"필요하다면. 어차피 그도 나도 서로를 사랑하지 않아. 그런데 신교 내에서 정보를 열람하기 위해선 일정 지위가 필요해. 신천우가 내게 그럴 지위를 내리거나 열람을 허가할 리 없지."

"원수가 아닌가?"

무연의 말에 한소진이 작게 콧방귀를 뀌며 말했다.

"흠. 사사로운 감정 때문에 대의를 져버릴 생각은 없어. 그에 대한 복수는 모든게 끝난 뒤에 해도 모자라지 않아. 혼인을 하면 그놈과 몸을 섞어야 할지도 모르겠지만. 신교의 정보는 대부분 얻을 수 있을 거야."

거침없는 한소진의 말에 무연이 이마에 손을 얹었다.

"어이가 없군. 복수를 위해 원수와 혼인을 하겠다?"

"살아 숨 쉬는 동안 단 한번도 그놈에 대한 복수를 잊은 적이 없어. 그리고 내 아버지와 할아버지… 내 어머니를 위해서, 난 뭐든지 할 준비가 되어 있어."

살짝 붉게 충혈된 한소진의 눈을 지그시 바라보던 무연이 그녀의 이마에 손가락을 얹었다.

딱—!

"윽!"

한소진의 고개가 한없이 뒤로 젖혀졌다. 처음 느껴보는 강렬한 통증이었다.

한소진이 이마를 손으로 감싸며 노려보자 무연이 고개를 저었다.

"헛소리 마. 복수도 좋지만 네 자신을 희생시킬 필요는 없다. 마교의 정보를 열람시켜 주지 않는다면 강제로라도 확인해야지."

"내게 헛소리 하지 말라더니, 네가 헛소리를 하고 있는 건 알고 있어? 신교의 정보열람실을 똑똑— 두드리면 들어갈 수 있을 것 같아?"

"안 되나?"

"당연히! 그곳은 신교의 무공서와 여러 정보들이 함께 있는 곳이야. 외부인은 물론이고, 내부의 사람들도 쉽게 접근할 수 없는 곳인 데다가 수준 높은 무인들이 항시 경계 중인 곳이야. 들어가려 해도 함부로 들어갈 수 없어."

"준비하고 있어. 이번 밀복인과 개방 건이 끝나면 마교로 갈 거니까."

"내 말을 여태까지……."

한소진이 계속 말을 하고 있었지만, 무연은 다 듣지도 않고 문을 열고 나갔다.

자신의 말은 전부 무시한 채 나가버리자 한소진이 허탈하게 자리에 앉았다.

한 손으로 머리를 쓸어 올리며 작게 숨을 내쉬었다.

신천우.

잔인하기로는 말할 것도 없고, 무공 수준도 엄청났다.

차기 마신이 될 재목이라 불리는 단명우와 맞먹을 정도였으니 그 힘이 얼마나 강한지 알 수 있었다.

그렇기에 한소진, 아니 단서연은 강한 증오심에도 신천우를 어쩌지 못하고 마교에서 쫓겨나듯 도망쳐나왔다.

신천우는 끈질겼다.

그는 끊임없이 단서연에게 혼인을 강요했다.

거부할 때마다 그녀의 가족을 모욕하고 명예를 더럽혔으며, 단서연의 입지를 나락으로 떨어뜨렸다.

오죽했으면 지나가는 마교의 말단 무인도 단서연을 무시할 정도였다.

그런 상황을 꿋꿋이 견뎌 여기까지 왔다.

힘들고 긴 시간이었지만, 복수 하나만을 위해 버텨온 시간이었다.

그리고 무연을 만났다. 무연은 이미 그녀의 정체에 대해

알고 있었다.

하지만 일언반구의 물음도 없이 단서연과 함께 다녔으며, 이제는 마교로 함께 가자고 하는 중이었다.

"휴. 대체 무슨 생각인지……."

머리가 지끈거렸지만 왜인지 가슴은 후련했다.

그동안 신천우라는 거대한 벽을 넘을 수가 없어 외면하고 있었다.

하지만 아무것도 아니라는 듯 말하는 무연의 말을 듣고 나니 그 거대하던 벽이 조금은 낮아지는 듯했다.

답답했던 가슴이 조금 뚫리는 기분이었다.

똑똑똑—!

"부단주님. 안에 계신가요?"

익숙한 목소리가 들려왔다. 여인의 목소리였는데 아주 고왔다.

한소진이 문으로 다가가 문을 열었다.

"아, 부단주……."

문이 열리자 당연히 무연이라고 생각한 백아연이 미소와 함께 인사를 건네려 했지만 곧 말이 멈추었다.

나올 거라 생각했던 무연은 나오지 않고 전혀 의외의 인물이 나타났기 때문이다.

"하, 한 소저?"

"무슨 일이지?"

한소진의 물음에 얼굴이 붉어진 백아연이 손사래를 치며

고개를 저었다.

"아, 아니. 저는 무연 부단주님을 찾아뵈러 온 건데…제, 제가 방을 잘못 찾았나봐요."

"이곳이 맞아."

"아, 맞나요? 역시 제가 잘못…이 아니라, 왜 한 소저가……?"

당황하며 묻는 백아연에 한소진이 쉽게 대답하지 못하고 묵묵히 바라봤다.

이곳은 무연의 숙소였다.

한소진이 있을 만한 곳이 아니었다.

그 숙소에서 한소진이 문을 열고 나왔으니 이상한게 당연했다.

"그게……."

한소진이 쉽게 대답하지 못하자 백아연이 붉어진 얼굴로 천천히 뒤로 물러섰다.

"제, 제가 방해했나봐요. 어, 음… 부단주님께는 단주님이 찾으신다고 …전해주시겠어요? 그럼, 죄송해요!"

빠르게 멀어지는 백아연을 보며 한소진이 눈을 감고 손으로 머리를 짚었다.

단단히 오해를 산 모양이었지만, 이제 와 백아연을 붙잡고 '사실 내가 신교도라는 것에 대해 이야기를 나누고 있었어'라고 말할 수도 없었다.

이 곤란한 상황을 타개할 방법이 없었다.

"무슨 일이야?"

얄밉게도 한걸음 늦게 도착한 무연을 한소진이 눈매를 가늘게 뜨고 노려보았다.

무연이 그녀에게 다가와 다시 한번 물었다.

"무슨 일인데 도끼눈을 하고 보는 거야?"

"아니야. 단주님이 찾으신다던데 가봐."

"흠. 안 그래도 찾아가려 했는데, 잘됐군."

무연이 신형을 돌려 걸어가자 한소진이 중얼거렸다.

"평소에는 번개처럼 나타나더니 이럴 땐 꼭 한걸음씩 늦는군."

"뭐라고?"

작게 중얼거리는 말에 무연이 고개를 돌려 물었다.

한소진이 고개를 저었다.

"아니야."

한소진은 자신의 숙소로 돌아와 품속에서 작은 피리를 꺼내 불었다.

그러자 얼마 안 가 저 멀리서 매 한마리가 빠르게 한소진을 향해 날아왔다.

설영에게 돌아갔다가 다시 근처로 돌아와 한소진의 부름을 기다리고 있던 매곡이었다.

매곡이 다가오자 한소진이 작게 서신을 적은 뒤 매달았다.

준비가 끝나자 매곡이 힘찬 날갯짓을 하며 하늘을 날았

다.

* * *

"요즘 주군에겐 연락이 없나?"

담백의 물음에 위태롭게 검을 들고 서 있는 한소진을 이
리저리 살펴보던 설영이 고개를 끄덕였다.

"어."

건성으로 대답하는 설영의 태도에 담백이 인상을 찡그렸
다.

"좀 성의있게 대답하면 안 되냐?"

"그래."

여전히 단답으로만 대답하던 설영이 부들대며 목검을 들
고 있는 한소진을 보고 고개를 저었다.

"이대로 들고만 있을 거냐?"

"하아… 하아! 하지만 너무 무거운 걸요?"

가냘프기 그지없는 한소진의 얇은 팔뚝은 목검을 지탱하
기엔 너무도 여렸다.

그동안 매일같이 누워 근육을 쓸 일이 없던 탓에 근력은
어린아이만도 못했다.

설영은 근력이 부족하면 치료하기 까다롭다는 이유로 한
소진의 근력을 키우는 중이었다.

거친 숨을 내쉬면서도 포기하지 않고 설영의 훈련에 성

실히 참여하였다.

"애 잡겠다."

담백이 툭 말을 내뱉자 한소진이 초롱초롱한 눈으로 바라봤다.

구해달라는 무언의 신호였는데 이를 보던 담백은 고개를 획 돌려버렸다.

담백이 자신을 외면하자 한소진이 슬픈 얼굴로 고개를 떨구었다.

"흠! 흠."

사실 담백에게도 사연이 있었다.

이전엔 거친 숨을 몰아쉬며 위태롭게 서 있는 한소진을 볼 때마다 담백이 나서서 도와주었다.

가끔씩은 설영의 타박을 들으며 고된 훈련으로 받는 그녀의 고통을 덜어주려 애썼다.

그러던 어느 날 설영이 담백을 따로 불러내 성을 낸 이후부터는 한소진의 안쓰러운 눈빛을 애써 무시하게 되었다.

"진짜 죽기 싫으면 근력을 키워놔야 한다. 그래야 조금이라도 수명을 늘릴 수 있어."

"네……!"

어쩔 수 없이 죽는다는 것을 알고 있지만, 조금이라도 더 살 수 있다는 말에 한소진이 힘을 냈다.

약 반시진 후 기진맥진한 한소진이 바닥에 주저앉아 땀을 흘렸다.

담백이 그녀에게 다가가 손수건을 건넸다.

"아, 감사해요."

한소진이 맑게 미소지으며 손수건을 받아 땀을 닦았다.

옆에 앉은 담백이 거친 숨을 몰아쉬는 한소진을 향해 물었다.

"이렇게 고통받을 거면 안 하는게 낫지 않아?"

"그래도 조금이라도 더 살 수 있으면 해야죠."

"어차피 이래 봤자 하루나 이틀 더 사는 거면, 차라리 편하게 일찍 죽는게 나을 텐데."

무심하기 그지없는 담백의 말에 한소진이 웃으며 말했다.

"하하. 그래도. 전 하루하루가 기쁜걸요. 이렇게 움직이고 앉아서 하늘도 보고, 설영님이랑 담백님이랑 이야기도 나누는 게… 살아오면서 가장 행복한 순간들이에요."

"그래. 뭐 네가 그렇다면."

"아, 옛날 얘기 해주시면 안 돼요?"

"또?"

"네!"

담백이 난처한 표정으로 한소진을 바라봤다.

그가 해주는 옛날 얘기는 담백과 정파무인들의 싸움에 관한 내용이었다.

대부분 담백이 누구를 죽였고, 누구를 어떻게 만들었다 하는 상당히 잔인하고 무서운 이야기였다.

한소진은 그게 재미있다는 듯 들어주었다.

"흠, 그럼 이번에는 남궁세가 놈들을 박살낸 이야기를 해주마."

"좋아요!"

정파의 사람이 정파무인이 박살나는 이야기를 좋다고 들으니 기분이 묘했다.

하지만 담백은 최대한 수위를 조절하며 이야기를 들려주었다.

끝은 항상 담백의 손에 의해 정파무인이 목숨을 잃거나 반죽임을 당하는 걸로 끝이 난다.

담백과 한소진이 이야기를 나누는 사이 설영의 눈에 한 마리의 매가 눈에 띄었다.

"매곡."

배신(背信)

"주군의 서신이다. 곧 본교로 돌아가야 될 것 같군."
설영이 내민 서신을 받아든 담백이 굳은 표정으로 살펴
보았다.

곧 신교로 돌아갈지 모르니, 준비하라.

별다른 말없이 짧고 간결한 단서연의 서신.
담백은 서신을 곱게 접어 품속에 집어넣었다.
"무슨 일로 신교로 돌아가신다는 거지? 혹시 준비하시
던 일이 잘 풀리신 건가?"

"그렇게 볼 수도 있겠지만 다른 말은 없으니 확실한 건 주군이 와보셔야 알겠지."

"그럼… 저 아이는 어떻게 해?"

담백이 걱정스러운 눈빛으로 저 멀리 홀로 앉아 있는 한소진을 바라봤다.

설영 역시 그의 시선을 따라 한소진의 뒷모습을 바라보다가 곧 시선을 거두었다.

"어쩔 수 없지. 주군이 무림맹에서 나오시면 우리도 더이상 이곳에 있을 이유가 없으니."

"저대로 죽게 내버려 두자는 거야?"

"어차피 죽을 목숨이었다. 물론 내가 없으면 조금 더 일찍 죽겠지만."

무미건조한 설영의 말에 담백이 고개를 저었다.

담백은 질렸다는 얼굴로 설영을 바라봤다.

담백은 자신을 진정한 마교인이라 생각했지만, 감정은 존재한다고 믿었다.

그 예로 한소진을 볼 때마다 마음이 아팠다.

처음엔 그저 신세를 지는 곳에 있는 병든 여인이라 생각했지만, 목숨이 경각에 달려 있음에도 항상 밝게 웃는 그녀의 미소를 볼 때마다 마음이 편해지면서도 아파옴을 느꼈다.

함께 지내는 시간이 길어질수록 정(情)도 함께 깊어진 것이다.

"그게 뭐였지. 구엽… 뭐시기?"

"구엽자지선란실(九葉紫枝仙蘭實)."

"그게 있으면 살 수 있다는 거야?"

설영이 묘한 표정을 지으며 담백을 바라봤다. 진심이냐고 묻는 듯했다.

시선을 느낀 담백이 고개를 작게 끄덕였다.

설영이 작은 한숨과 함께 말했다.

"말했듯이 구엽자지선란실은 구하고 싶다고 구할 수 있는 게 아니다. 괜히 전설에나 나온다고 하는 게 아니야."

"어쨌든 있긴 있다는 거잖아."

강경한 담백의 태도에 설영이 마지못해 고개를 끄덕였다.

"그래. 역사상으로 발견된 적이 있다고 기록되어 있기는 하지."

설영의 말이 끝나기가 무섭게 담백이 자리에서 일어섰다.

주군이 준비하라 일렀으니 시간이 별로 없음을 알고 있었기에 빠르게 움직여야 했다.

담백이 자리에 일어서 나갈 채비를 했다.

멀리 홀로 앉아 있던 한소진이 자리에 일어서 담백에게 다가왔다.

"어디 가시나요?"

똘망똘망한 눈으로 물어오는 한소진에 담백이 그녀의 머

리를 몇번 손으로 쓰다듬으며 말했다.

"갈 데가 있다. 이곳에서 설영에게 훈련도 받고, 편히 쉬고 있거라."

"금방… 돌아오시나요?"

"인연이 닿는다면 일찍 올 테지."

의미심장한 말을 남기고 담백이 발걸음을 재촉했다.

그때, 떠나가는 담백의 앞을 설영이 막아섰다.

설영이 앞을 막자 담백이 급히 말했다.

"금방 돌아올 거야. 여차하면 매곡을 시켜……."

"아홉개의 잎이 달린 난초의 열매다."

"뭐?"

"구엽자지선란실은 잎이 아홉개인 난초의 열매다. 신강으로 가라. 마지막으로 발견된 곳이 그곳이니."

자신을 막아설 줄 알았던 설영이 구엽자지선란실에 대해 상세히 알려주자 담백이 묘한 표정으로 바라봤다.

말을 마친 설영은 볼일 다 봤다는 듯 휙— 하고 돌아서며 뒤로 사라졌다.

그의 뒷모습을 바라보던 담백이 미소띤 얼굴로 발걸음을 재촉했다.

*　*　*

"흐음……."

"양 형?"

똥 못싼 강아지처럼 제자리를 빙글빙글 돌던 양소걸은 들려오는 낯익은 목소리에 고개를 돌렸다.

운현이 고개를 갸웃하며 그에게 다가왔다.

"무슨 일 있으십니까?"

"그게 사실, 무림맹의 개방 분타에서 알아볼게 있어서 도움이라는 아는 동생 놈에게 일을 맡겼는데 그놈이 보이 질 않는구나."

"흐음, 같이 찾아보시겠습니까?"

운현이 묻자 양소걸이 다가가며 말했다.

"그래주겠어? 아무래도 걱정이 되는데, 괜한 일을 맡긴 건 아닐지……."

"별일이야 있겠습니까?"

"그래. 일단 가보세."

양소걸과 운현이 함께 개방 분타로 향했다.

개방 분타는 개방답지 않게 의외로 깨끗한 모습을 갖추 고 있었다.

이는 개방 분타가 무림맹 안에 소속되어 있는 곳이라서 청결을 중요시했기 때문이다.

오죽했으면 거지들도 몸을 청결하게 하고 다녀, 같은 개 방도가 아니면 거지임을 알아보기 힘들 정도였다.

의외로 깨끗한 개방 분타에 들어선 운현은 분주한 모습 에 주변을 두리번거렸다.

"상당히 바쁘군요."

"아무래도 하북팽가에서의 일도 있고, 중앙표국에서의 일도 있으니, 눈코 뜰 새 없이 바쁠 수밖에……."

벌컥―!

개방 분타의 문이 벌컥 열리며 몇몇의 거지들이 급히 뛰어들어왔다.

"소식입니다!"

그들의 외침에 운현과 양소걸이 숨을 헐떡이는 거지를 바라봤다.

그는 땀을 뻘뻘 흘리면서도 품에서 꼬깃꼬깃한 서신을 꺼냈다.

집무실에 있던 취설객이 얼른 뛰어나와 그의 서신을 받아들었다.

"흐음!"

심각한 표정을 짓는 취설객에게 양소걸이 다가갔다.

"무슨 일이십니까?"

"중앙표국… 망했다는구나."

"망했…단 말씀이십니까?"

"뭐, 정확히 말하면 사라졌다는게 맞을 게다. 아무래도 혈교라는 단체에서 꼬리 자르기를 한 것이겠지만."

취설객이 읽었던 서신을 양소걸에게 건네주었다.

서신을 건네받은 양소걸의 눈이 빠르게 읽어내려갔다.

전체적인 내용은 하루아침에 중앙표국의 건물이 박살나

고, 표국에 속해 있던 사람들이 변사체로 발견되었다는 이야기였다.

표국 창고에 있던 재화는 모두 사라진 뒤였다.

"빠르군요. 공들였던 표국일 텐데."

"흥! 그들에게 그런 것은 중요하지 않을 테지. 대체 어디까지 손을 뻗친 것인지 알 수가 없구나."

서신을 접어 기록관에게 넘긴 양소걸이 취설객을 바라봤다.

그는 심각한 표정으로 중원전도를 바라보고 있었다.

양소걸은 그의 표정을 읽기가 힘들었다.

도통 무슨 생각을 하는 건지 알 수가 없는 취설객의 얼굴.

그에게서 시선을 뗀 양소걸이 운현의 귓가에 조용히 속삭였다.

"나는 분타주님을 살필 테니, 도욱이라는 아이를 찾아봐주게나."

"알겠습니다."

고개를 끄덕인 운현이 신형을 돌려 분타를 살피기 시작했다.

양소걸의 말에 의하면 도욱은 아직 어린 개방도로서 바가지를 씌워 자른 듯한 머리, 똘망똘망한 눈 그리고 오른쪽 눈 아래에 작은 점이 특징이었다.

"휴, 생각보다 넓구나."

개방 분타를 넓게 움직이던 운현이 작게 한숨을 내쉬었다.

생각보다 개방 분타의 크기가 컸다.

애초에 개방도의 수도 많았지만, 그들이 기록하고 수집하는 정보의 양이 워낙 방대했다.

이를 관리하기 위해서는 분타의 크기도 커야 했다.

주변을 둘러보던 운현은 멀리 지나가는 수레를 발견했다.

"수레라……."

안 좋은 기억을 상기하던 운현이 수레를 향해 다가갔다.

"멈추시오."

수레를 향해 다가가던 운현은 그의 앞을 가로막는 두 사내에 의해 걸음을 멈추었다.

그들은 타구봉을 지니고 있는 개방도들이었다.

두개의 매듭을 매고 있는 것으로 보아 이결에 해당했다.

그들은 타구봉에 손을 가져다대며 운현을 향해 위협조로 말했다.

"뉘시오?"

"아, 저는 천소단원이자 청성파의 제자 운현이라 합니다."

"그런데 이곳은 무슨 일로 오신 거요?"

운현의 신분을 알고서도 그들은 눈매를 찌푸린 채 바라

봤다.

 언제고 타구봉을 꺼내겠다는 듯 자세를 잡고 있었다.

 운현은 살짝 뒤로 물러서며 말했다.

 "저는 양소걸님의 초대를 받고 개방 분타로 왔습니다. 처음 와보는 곳이라 주변을 둘러보는 중이었죠."

 "흠… 알겠소. 하지만 이곳은 개방 분타요. 정보를 다루는 곳이니만큼 외부인이 함부로 돌아다닐 수 있는 곳이 아니오."

 "잘 알겠습니다. 헌데 저 수레는 무엇입니까?"

 운현의 물음에 이결 개방도는 수레를 향해 시선을 돌렸다.

 "이제는 쓸모없어진 정보들이요. 대부분 허위 정보거나, 이용 가치가 없어진 정보들인데 어차피 둬봐야 자리만 차지하니 처분을 위해 옮기고 있는 것이요."

 "아아. 그렇군요."

 "그럼, 우리도 시간이 남아도는 것이 아니니."

 운현의 앞으로 수레가 지나갔다.

 수레에는 서적과 양피지가 쌓여 있었다.

 그 서적과 양피지에는 '폐기'라는 붉은 낙인이 찍혀 있었다.

 그들을 뒤로하고 움직이려던 운현이 발걸음을 멈추었다.

 아무리 생각해도 개방도의 태도가 이해되지 않았다.

개방도들의 성격은 유순한 편이다.

적을 만났을 때를 빼고는 대부분 모든 사람에게 친절한 편이었다.

방금 만난 개방도의 태도는 흡사 생사대적의 적을 만났을 때 취하는 것과 흡사했다.

물론 사람마다 사람을 대하는 법이 다르고, 그의 말대로 정보를 다루는 곳이니 만큼 예민할 순 있었지만 운현은 뭔가 꺼림칙했다.

운현이 가던 발걸음을 멈추고 뒤를 돌아보았다.

멀어져 가는 수레를 보던 운현이 그들을 따라 움직이기 시작했다.

"답답하군요. 지금 중원에서 혈교의 잔가지가 뻗치지 않은 곳이 있을까 하는 의문이 듭니다."

그 말에 중원전도를 바라보던 취설객이 양소걸을 보며 말했다.

"의심이 되느냐?"

"사실 가장 큰 걱정이 바로 그것입니다. 중소문파, 거대문파 하다못해 표국까지, 혈교가 건드리지 않는 곳이 없습니다. 어딜 가도 혈교가 존재한다면, 중원의 칠할을 가지고 있는 무림맹은 모든 곳을 의심하게 되겠지요."

"네 말대로다. 모든 곳이 무림맹의 의심을 받게 될 것이다. 그러니 만큼 우리 개방은 현재 무림맹에 없어서는 안

될 존재가 되었다. 지금이야말로 개방이 힘을 내서 정보와 진실을 밝혀내야지.”

힘찬 목소리로 내뱉는 취설객의 말에 양소걸이 조용히 고개를 끄덕였다.

“그렇습니다. 개방이… 힘을 내야죠.”

무림맹의 외문을 통해 빠져나온 개방의 수레는 빠르게 굴러가 왼편에 존재하는 작은 숲으로 들어섰다.

숲의 중심에는 원형모양의 넓은 공터가 있었다.

이곳은 무림맹에서 쓰이는 일종의 소각장이었다.

그곳에 도착한 개방도들이 잠시 수레를 놓고 주변을 살폈다.

그들이 갑자기 멈추는 통에 운현이 급히 신형을 낮춰 몸을 숨겼다.

“어서 치우고 가자.”

“그래.”

수레에서 서책들과 양피지 뭉터기를 꺼낸 개방도가 급히 소각장에 던졌다.

그들의 모습을 유심히 지켜보던 운현은 그들이 뭔가 이상한 것을 꺼내는 걸 확인하고 눈을 부릅떴다.

그것은 작은 상자였다.

보통은 서적이 들어 있는 상자라 치부하겠지만, 개방에 대한 의심을 가지고 난 후라 그런지 운현은 상당히 의심쩍었다.

"어후. 무거워. 이놈 왜 이렇게 무거운 거야?"

"잔말 말고 옮겨. 빨리 끝내고 가게."

그들의 대화를 들은 운현이 신형을 튕기며 일어섰다.

망설임은 없었다.

아닐지도 몰랐지만, 지금은 옳고 그름을 따질 만한 때가
아니었다.

그저 마음이 가는 대로 움직일 뿐.

"뭐야?!"

어디선가 운현이 툭— 튀어나오자 놀란 개방도가 타구봉
을 꺼내 들었다.

"너, 너는?"

"미안하지만 그 상자를 열어봐도 되겠습니까?"

"이 상자에는 쓸모없는 양피지나 서적들이 들어 있는데,
왜 열어보려는 겁니까?"

타구봉을 꺼내든 개방도가 눈매를 좁히며 물었다.

그러자 운현이 지지 않고 그들을 향해 다가가며 말했다.

"그러니 열어봐도 별 상관없지 않습니까? 어차피 의미
없는 쓰레기들 아닙니까?"

운현의 말을 듣고 잠시 말이 없던 개방도들은 서로를 잠
시 바라보더니 상자를 두고 뒤로 물러섰다.

"알겠습니다. 확인해보시지요."

개방도 둘이 순순히 물러서자 운현이 상자를 향해 다

가갔다.

심장이 점점 빠르게 뛰며 식은땀이 흘렀다.

손이 살짝 떨려왔지만 애써 다잡으며 상자에 가져다 댔다.

그리고 천천히 상자를 열었다.

드르륵―!

오래된 나무상자가 천천히 열렸다.

그리고 눈에 보이는 것은 양피지 뭉치와 서적들뿐이었다.

생각하던 것이 들어 있지 않자 운현이 살짝 안도하며 상자 안에 손을 넣어 살폈다.

그때 딱딱하고, 차가운 무언가가 손에 잡혔다.

"이건……."

상상도 하기 싫은 것이 손에 잡히자 운현이 눈을 부릅뜨고 개방도를 바라보았다.

그때, 개방도도 둘이 타구봉에서 검을 쑤욱― 뽑아내며 운현에게 달려들었다.

"큭!"

뛰어 오른 붉은 선혈이 나무상자에 가득 뛰었다.

취설객과의 대화를 마친 양소걸이 개방 분타 이곳저곳을 움직였다.

도욱도 찾을 겸 운현도 함께 찾고 있었는데, 그의 모습도

감쪽같이 사라진 것이다.

자신의 부탁 때문에 운현이 위험에라도 처한 것은 아닐까 걱정하던 양소걸의 앞에 의외의 인물이 나타났다.

"양소걸님."

"너… 넌?"

작은 키의 아직 어린 소년.

바가지를 씌워 자른 듯한 머리, 눈 아래 작은 점.

틀림없이 그 아이였다.

"도욱?"

"네. 찾아봐달라고 하신 거에 문제가 생겼어요."

"일단 무사하니 다행이구나."

도욱에게 급히 다가간 양소걸이 아이의 온몸을 살펴보았다.

다행히 별 이상은 없는 듯 멀쩡한 모습에 도욱이 의아하여 고개를 갸웃거렸다.

"뭐, 무슨 일이라도 났어야 했답니까?"

"아, 아니다. 단지 내 부탁으로 위험에 빠졌을까 걱정이되어 그런 거란다."

"아무튼 알아봐달라고 하셨던게 문제가 있습니다."

"그래. 문제가 무엇이냐?"

양소걸의 말에 도욱이 주변을 살폈다.

다행히 주변엔 아무도 없었지만 도욱은 양소걸의 손을 잡고 이끌었다.

"트인 곳에서 말하기에는 좀 그렇습니다."

뭔가 심상치 않은 것을 말하려는 듯한 도욱에 양소걸이 고개를 끄덕이며 은밀히 움직였다.

개방 분타에 마련된 작은 창고에 도착한 도욱이 다시 한 번 주변을 둘러보더니 조용히 양소걸을 향해 입을 열었다.

"사실 그때 전서구를 보낸 이를 알아냈습니다. 종구라는 개방도였는데, 양소걸님이 찾는다는 얘기가 나도는 시기에 그가 사라졌답니다."

"사라졌다?"

"그렇습니다. 그의 숙소에 있던 종구의 짐이 모두 사라졌고, 무림맹의 출입기록에도 종구의 이름이 남아 있다고 합니다. 아무래도 양소걸님이 찾기 전에 그를 무림맹에서 빼돌린 것 같습니다."

"빼돌렸다라… 왜 그랬을까."

자문이었다.

양소걸은 답을 이미 알고 있었다.

그렇다면 어디서 어디까지 연결된 것일까.

취설객은? 취설객도 연관되어 있는 것일까.

"하지만 그는 무림맹을 나가지 않았습니다."

"그게 무슨 말이야?"

들려오는 의외의 말에 양소걸이 의아한 표정으로 물었다.

도욱이 마른 입술에 혀를 가져다댄 후 말했다.

"아는 동생들이 있습니다. 무림맹의 정문 앞에서 지내는 동생들인데, 저는 그 동생들에게 얼마의 용돈을 지불하는 대가로 무림맹을 오가는 이들의 정보를 얻습니다."

"그런 일을 해왔단 말이야?"

"개방도는 정보력이 곧 힘이니까요."

양소걸이 새삼스럽게 도욱을 바라봤다.

그러자 도욱이 쑥스러운지 머리를 살짝 긁적이고는 말을 이어갔다.

"아무튼 출입 기록상으로 종구라는 자는 축시에 무림맹을 나섰다고 되어 있지만 그 시간엔 아무도 나간 적이 없답니다."

"확실한 것이냐?"

"확실합니다."

단호하게 말해오는 도욱에 양소걸이 자리에 주저앉으며 머리를 감싸쥐었다.

누군가가 종구가 무림맹을 나갔다고 꾸몄고, 기록을 조작했다.

높은 확률로 개방에서 한 짓일 것이다.

그렇다면 누가 그랬을까. 그리고 종구는 지금 어디 있을까.

"살아는… 있나."

"크윽!"

검을 뽑아낸 개방도가 뒤로 물러섰다.

그는 어깨를 길게 베여 있었다.

지혈할 틈도 없이 빠르게 쇄도해오는 검을 피해야 했다.

그를 향해 검을 찔러넣은 운현이 옆으로 재빨리 몸을 굴렸다.

그때 그가 서 있던 땅에 두개의 단도가 박혀 들어갔다.

"후웁!"

몸을 회전시키며 운현이 자신과 대치하고 선 두명의 개방도를 바라봤다.

운현의 왼쪽 팔에선 피가 흐르고 있었다.

상자를 살피던 그를 향해 개방도가 검을 휘둘러 생긴 상처였다.

"개방도가 타구봉에 검을 감추고 있다는 것은 또 처음 듣는군."

비아냥거리는 듯한 운현의 말에 개방도 두명이 인상을 찡그렸다.

단 한수에 죽여야 했지만, 운현의 반응이 너무도 빨랐다.

오히려 먼저 검을 뽑아낸 그들보다 빠르게 검을 뽑아 휘두르는 바람에 운현의 목이 아닌 어깨를 벤 것이다.

자신과 대치하고 선 개방도를 향해 운현이 서서히 검을 쥐고 일어섰다.

"난 무림맹의 천소단원이자 청성파의 제자 운현이다. 당장 네놈들의 소속과 이름을 밝히지 않는다면 지금부터 무림맹의 적으로 간주하고 너희를 베도록 하겠다."

빈말이 아니라는 걸 증명하려는 듯 운현의 검에서 푸른 검기가 뿜어져나왔다.

개방도 두명은 운현을 빤히 바라보다가 품속에서 유리병을 두개를 꺼내 들었다.

유리병은 입구 쪽이 물먹은 듯한 천이 돌돌 말아 박혀 있었다.

개방도 중 한명이 품속에서 부싯돌을 꺼냈다.

"이런!"

운현이 몸을 날렸다.

유리병에 든 것은 기름이었고, 지금 이들은 상자에 불을 지르려는 것이다.

카앙!

그런 운현의 앞에 개방도 중 한명이 검을 휘두르며 막아섰다.

그때, 다른 한명이 기름병에 불을 붙여 상자에 던졌다.

유리병이 깨지며 터진 기름이 상자를 적셨다.

불은 빠르게 상자를 뒤덮기 시작했다.

"젠장!"

운현이 검을 쥔 손에 힘을 주었다.

더 이상 지체할 시간이 없었다.

청월유성검(淸月流星劍) 비도회랑(飛濤回狼).

운현의 검에서 뿜어져나온 푸른 기운이 회오리치며 검을 휘감았다.

그에 맞춰 운현이 검으로 큰 원을 그리며 개방도의 검을 쳐댔다.

거세게 불어오는 푸른 기운의 회오리가 개방도의 검을 휘감기 시작했다.

"제기랄!"

수준의 차이가 극명하게 드러나자 개방도가 검을 놓고 뒤로 도망쳤다.

설마하니 검을 두고 도망갈 줄은 몰랐던 운현이 개방도의 검을 멀리 치우며 그들을 쫓으려 했다.

하지만 불을 지른 개방도와 검을 놓은 개방도가 이미 멀리 도망쳤고, 상자는 기름을 먹고 타올랐다.

'아직 겉면만 탔다. 근처엔 물도 없고, 기름을 먹은 상태기 때문에 쉽게 꺼지지도 않을 거야… 그렇담!'

검을 수평으로 세운 운현이 신형을 회전시키며 상자를 빠르게 벴다.

스릉—!

상자의 윗면이 깔끔하게 잘렸다.

몸을 회전시키던 운현이 빠르게 오른발로 상자의 윗면을 찼다.

불에 활활 타던 상자의 윗면이 떨어져나가자 운현이 몸

을 날려 안에 있던 차갑게 식은 시체를 꺼냈다.

굳은 손가락 몇 개가 운현의 검에 의해 잘려나갔지만, 그 것을 신경 쓸 틈이 없었다.

"후우! 후우!"

간신히 불길에서 건져낸 운현이 차갑게 식은 시신을 내려다보았다.

이미 사후경직이 되고 피부는 시퍼렇게 변해 있었다.

하지만 아직 부패가 진행되지 않아 얼굴을 못 알아볼 정도는 아니었다.

"양형이 말한 아이는 아닌데… 누구지?"

주변을 둘러보던 운현이 수레를 덮고 있던 천을 꺼내 시신을 감싼 후 수레에 올렸다.

"일단 양형에게 데려가봐야겠군."

운현이 수레를 끌고 움직였다.

"어쩌지……."

"저 새끼는 뭔데 갑자기 나타나서!"

멀리서 운현이 수레에 시신을 싣고 옮기는 것을 확인한 개방도가 자리를 박차고 일어섰다.

"그분께 말씀드려야지. 따라와."

두 명의 개방도가 급히 몸을 날렸다. 운현보다 먼저 개방 분타로 돌아가야 했다.

암수 싸움

"헉… 헉!"

무림맹 개방 분타에 도착한 개방도가 피를 흘리며 급히 누군가를 찾아 주변을 두리번거렸다.

피를 흘리는 개방도의 모습은 상당히 눈에 띄었다.

이를 도욱과 양소걸이 놓치지 않고 발견해 눈매를 가늘게 좁혔다.

"피?"

"어깨를 길게 베였다. 누군가와 싸움이라도 한 건가?"

주변을 두리번거리던 개방도는 다른 개방도에게 무언가를 듣고는 재빨리 몸을 날렸다.

그가 사라지자 양소걸이 급히 그에게 뭔가 말을 해준 개
방도에게 다가가 물었다.

"방금 왔던 개방도가 뭘 묻던가?"

"급한 일이 있어 분타주님을 찾아뵈어야 한다고 위치를
물었습니다."

"그래서 분타주님은 어디 계신가?"

"집무실에 있을 거라고 말씀드렸습니다."

그의 말에 양소걸이 집무실이 있는 개방 분타의 중심부
를 향해 고개를 돌렸다.

"도욱아. 뭔가 일이 심상치 않구나. 용천단의 무연을 찾
거라. 그리고 일을 진행하라고 말하거라."

"일을 진행하라고요?"

"그래. 그리 말하면 무연이 알아서 할게다."

말을 마친 양소걸이 집무실을 향해 몸을 날렸다.

무림맹 내에서는 신법을 구사하는게 안전과 규정 때문에
금지되어 있었지만, 양소걸은 이를 지킬 여유가 없었다.

양소걸이 집무실을 향해 가자 도욱이 짧은 다리를 빠르
게 놀리며 용천단을 향해 달렸다.

"종구의 존재를 누군가 알아차린 것 같습니다."

"뭐라?!"

개방도의 말을 들은 취설객이 눈을 부릅뜨며 자리를 박
차고 일어섰다.

그러자 개방도가 자세를 낮추며 말했다.

"천소단원이자 청성파의 제자라는 운현이 종구의 시신을 불태우기 전 나타나 훼방을 놓았습니다. 그리고는 종구의 시신을 가지고 지금 맹으로 복귀하고 있습니다."

"어디냐. 그곳이!"

"무림맹의 서문(西門)입니다."

"어서 가자!"

집무실에서 업무를 보던 서류를 내팽개치며 취설객이 자리를 박차고 일어섰다.

그때, 집무실의 문이 벌컥 열리며 한 남자가 들어왔다.

"너는… 소걸이 아니냐?"

"분타주님? 어디 가십니까?"

양소걸이 의아한 표정으로 묻자 취설객이 겉옷을 챙기며 고개를 끄덕였다.

"그래. 흠. 혈교와 관련된 중요한 정보가 들어와서 내 이를 확인하러 가던 참이었다."

"아, 잘됐군요. 저도 함께해도 되겠습니까?"

환히 미소지으며 양소걸이 물었다.

평소라면 흔쾌히 허락했을 취설객이었지만, 이번만큼은 그도 망설였다.

"지금 무림맹 개방 분타가 상당히 시끄러운 상태다. 이유는 너도 알게다. 그래. 잘 되었구나. 차라리 네가 갔다 오는 편이 좋겠다. 그곳은……."

"아뇨. 저는 못 갑니다."

차라리 양소걸을 멀리 치우는 편이 나을 거라 생각한 취설객이 인상 좋은 웃음을 지으며 말했다.

양소걸이 고개를 저었다.

곧, 취설객의 표정이 굳어지기 시작했다.

"무슨 말이 하고 싶은 게냐?"

"운현이라는 제 친한 동생이 있습니다. 그 동생이 개방 분타를 견식해보고 싶다 하여 제가 데리고 들어왔는데, 통 어딜 갔는지 보이지가 않는군요. 운 동생은 요즘 말이 많은 천소단원이면서 청성파의 웃어른이자, 정파의 영웅이라 칭해지는 송월님의 제자라… 제가 각별히 신경 쓰고 있는 동생인데 말이죠."

웃는 얼굴은 그대로였지만 양소걸의 눈에서는 아무런 감정도 느낄 수 없었다.

취설객은 그의 말을 듣고 너털웃음을 지었다.

"하하. 지금 나를 협박하는 게냐?"

"하하. 설마 그럴 리가요. 제가 어찌 가족이라 할 수 있는 개방도를 협박하겠습니까? 단지 제 동생이 걱정되어 하는 말입니다."

양소걸과 취설객의 사이에서 묘한 기류가 흘렀다. 그때, 양소걸이 표정을 바꾸며 의아하다는 듯 물었다.

"근데 어찌 협박이라고 들으셨습니까? 저는 그런 식으로 말한 적이 없는데 말이죠."

"그럼 그런 말을 하는 저의가 무엇이냐?"

"글쎄요. 그건……."

* * *

"이곳이 용천단입니까?"

똘망똘망한 물음에 용천단의 정문을 지키던 무인이 고개를 끄덕이며 답했다.

"네. 용천단이 맞습니다."

"혹, 안에 부단주이신 무연님이 계신지요?"

"제가 알기로는 계신다고 알고 있습니다."

"들어가도 되겠습니까?"

"개방도이십니까?"

도욱이 품에서 개방도를 나타내는 징표인 누런색의 동그란 철패를 꺼내 보였다.

철패를 확인한 무인이 도욱을 안으로 들여보내주었다.

도욱은 짧은 다리를 빠르게 놀려 무연을 찾아 움직였다.

"모든 문파에 대한 감찰을 시작하려 한다."

"물론 대외적인 감찰은 아니겠죠?"

"당연하지. 하지만 이 일에 천소단원을 개입시킬 순 없으니, 그게 문제구나."

사실 천소단원을 이용한 감찰이 가장 은밀하고 편리했지

만, 하북팽가 때의 사건 탓에 함부로 움직일 수가 없었다.

천소단원은 일종의 학당이고, 천소단원은 학생들이었다.

무림맹에서 지켜주고, 길러주어야 하는 어린 무인들이었으니 용천단의 임무에 천소단원을 이용할 수는 없었다.

그의 말에 무연이 잠시 생각에 잠겨 있다가 이내 입을 열어 말했다.

"몇몇의 천소단원을 임무에 가용하는 것은 어떻습니까?"

"몇몇의 천소단원?"

"믿음직스러운 천소단원을 몇 알고 있습니다. 천소단원을 전부 이용하는게 아니니만큼 가능할 겁니다."

"그래. 맹주님의 허락과, 당사자들이 승낙이 있다면야 불가능할 것도 없지."

무연의 제안에 도원이 고개를 끄덕였다.

무연이 믿을 만한 무인들이라 했으니, 보통의 천소단원은 아님을 도원도 잘 알고 있었다.

게다가 무연과 운현이 친분이 있다는 사실을 알고 있었다.

운현은 송월의 제자이자 천소단에서도 손꼽히는 강인한 무인이었다.

확실히 믿어봄직했다.

"그리고 이번 일이 대충 마무리되면 잠시 다녀올 곳이 있

습니다."

"다녀올 곳?"

"정사대전의 제대로 된 기록을 알아보기 위해 가봐야 합니다. 이번 일에는 한소진도 함께합니다."

한소진의 이름을 들은 도원이 은근하게 무연을 바라봤다.

장현과 장혁의 일뿐만 아니라, 무연이 한소진과 함께 여러 일들을 수행해오는 것을 봐오던 도원이었다.

도원은 한소진보다는 백아연과 무연이 더욱 오래 알고 지낸 것으로 알고 있었다.

굳이 한소진과 함께한다고 한다면 도원이 의심해볼 만한 가능성 중 가장 유력한 것은 바로……

"혹, 사랑 여행 같은 것은 아니겠지?"

슬쩍 미소를 지으며 묻자 무연이 무심한 표정으로 도원을 마주 바라봤다.

머리를 자르기 전에는 눈이 제대로 보이지 않아 괜찮았다.

막상 심연과도 같은 무연의 두눈을 마주하자 도원도 숨이 턱턱 막히는 것 같았다.

"험, 험. 장난이다, 장난. 그래. 어디인지는 밝힐 수 없는 게냐?"

"죄송하지만 이는 말씀드릴 수 없습니다."

말할 수 없는 임무에 대해 도원이 한마디 할 법도 했지만, 가타부타 말없이 고개를 끄덕였다.

무연의 일이었다.

그리고 도원은 무연을 어느새 믿고 의지하고 있었다.

"알겠다. 하지만 떠날 때는 떠난다고 미리 말을 해주어야 할 게다."

"알겠습니다."

하북팽가때의 전력이 있던 무연인지라, 그는 순순히 알겠다고 대답했다.

도원과의 이야기를 모두 마친 무연이 천천히 용천각의 본당을 빠져나와 숙소로 향했다.

그때, 무연의 귓가에 낯선 목소리가 들렸다.

"용천단 부단주이신 무연님이 맞습니까?"

들려오는 목소리에 고개를 돌리자 그곳에는 똘망똘망한 바가지머리의 소년이 서 있었다.

"양형이군. 일을 시작하라는 건가?"

도욱이 고개를 끄덕이자 무연이 마주 고개를 끄덕이며 숙소로 향하던 발걸음을 옮겨 지하감옥으로 향했다.

"비키거라. 양소걸."

"그럴 수는 없습니다. 그전에… 운현이 어디 있는지 알려주시겠습니까?"

"나는 운현이라는 자가 누군지도 모르고, 어디 있는지는 더더욱 모르지."

"명색이 무림맹 개방 분타주이신데, 운현을 모른다?"

비아냥거리는 듯한 양소걸의 물음에 취설객이 인상을 굳혔다.

거센 기운이 집무실을 뒤덮기 시작했다.

"지금 네가 나를 가지고 장난치는 게냐?"

"장난하고 있는게 아닙니다. 운현의 위치를 묻는 겁니다."

"그걸 왜 내게 묻는 거지?"

"그야 지금 운현의 위치를 제일 잘 알고 계실 테니까요."

양소걸의 몸에서 힘찬 기운이 뿜어져나왔다.

두 존재감의 충돌로 인해 집무실이 흔들렸다.

물론 기운의 크기에서는 취설객이 압도했지만, 양소걸도 쉽게 물러서지 않고 자리를 거뜬히 지키고 서 있었다.

"정녕 해보자는 게냐?"

우드득─!

나무로 지어진 집무실의 바닥을 뚫고 양소걸의 발이 땅으로 푹 꺼졌다.

양소걸은 입가에 흐르는 피를 닦지 않은 채로 무릎을 굽히지 않으려 안간힘을 썼다.

마치 거대한 손바닥이 개미를 짓누르듯 자신을 짓누르는 듯한 압박감에 온 내장이 빠져나올 것 같았다.

양소걸은 핏물을 삼키며 버텼다.

이대로, 취설객을 내보낼 순 없었기 때문이다.

똑똑!

"분타주님 계십니까?"

들려오는 낯선 목소리에 취설객이 급히 기운을 거두었다.

기운이 빠져나가자 양소걸이 숨을 헐떡이며 양팔로 허벅지를 잡고 몸을 기댔다.

"헉…헉!"

"누구시오?"

취설객의 부름에 문 밖에서 낯선 목소리가 또다시 들려왔다.

"저는 무림맹 서문의 경비를 담당하는 하문성이라 합니다."

낯선 자.

하문성의 목소리에 취설객이 인상을 굳히며 서서히 집무실의 문을 향해 다가갔다.

무림맹에는 네개의 문이 존재했다.

각 문에는 경비를 담당하는 무인이 존재했다.

그들은 단순히 문지기 무인이 아니라, 무림맹의 안전을 담당하고 있는 자이니만큼 무림맹 내에서의 서열이나 지위가 높았다.

그에 따른 무공 수준도 상당히 뛰어났다.

제아무리 무림맹 개방 분타주인 취설객이라 하더라도 함부로 대할 수 있는 자가 아니었다.

기운 빠진 양소걸이 뒤로 살짝 물러나 문을 열었다.

하문성이 들어와 다가오는 취설객을 마주 바라봤다.

"무슨 일이오?"

기골이 장대하고 얼굴에 기다란 상처를 지닌 짧은 머리의 하문성을 보며 취설객이 물었다.

그러자 하문성이 고개를 살짝 숙이며 답했다.

"안녕하십니까. 무림맹 개방분타주님."

"반갑습니다. 서문 경비담당 하문성님."

취설객도 마주 고개를 숙이며 인사하자 하문성이 용건을 꺼냈다.

"다름이 아니라 천소단원인 운현이라는 자가 시체를 실은 수레를 가지고 서문에 다가왔습니다. 그의 말에 따르면 그 시신을 보고 없이 화장하려고 한 자들이 개방의 무인들이라던데… 사실 관계를 따지고자 이리 찾아온 겁니다."

하문성의 말에 양소걸이 고개를 번쩍 들며 취설객과 그의 옆에 선 개방도를 바라봤다.

그리고는 하문성을 향해 고개를 돌려 말했다.

"종구."

"종구?"

하문성이 의아한 표정으로 양소걸을 바라보았다.

양소걸이 고개를 끄덕이며 취설객을 향해 시선을 돌렸다.

"최근 개방 분타에서 실종된 개방도가 한명 있습니다.

이름은 종구요. 전서구를 날리고도 보고를 하지 않은… 자입니다."

거침없는 양소걸의 말에 취설객이 모르겠다는 듯 고개를 저으며 말했다.

"이상한 말이군. 종구라는 개방도는 병든 노모가 아프다고 하여 내가 고향을 찾아가게끔 휴가를 내주었다. 찾아보면 출입……."

"출입기록이 있을 겁니다. 하지만 실제로 종구가 맹을 나서는 것을 본 자는 아무도 없습니다."

"그걸 네가 어찌 아느냐?"

"도욱이라는 제 친한 동생이 있습니다. 그 아이는 무림맹 각 정문에서 가난하게 지내는 아이들에게 돈을 나누어주며 매일 무림맹을 나서는 자들에 대한 정보를 얻고는 하죠. 하지만 종구가 나갔다던 그날 축시에는 아무도 무림맹을 나서지 않았습니다."

양소걸의 말에 하문성이 취설객을 무심한 눈으로 바라봤다.

그러자 취설객이 붉어진 얼굴로 외쳤다.

"그게 사실이더냐. 이럴 수가… 그렇다면 종구는 어디 있단 말이냐?!"

당혹스러움과 분노를 동시에 느끼는 듯한 취설객이 분노에 찬 얼굴로 물었다.

양소걸이 하문성을 향해 고개를 돌리며 말했다.

"혹시 시신의 신원이 확인되었습니까?"

"부하 중 한명이 알아보는 중이다. 곧…….."

"하문성님!"

때마침 하문성의 부하가 그들에게 다가와 고개를 숙이며 말했다.

"신원이 확인되었습니다."

"그래. 누구더냐?"

"무림맹을 나섰다고 기록되어 있는 개방도인 종구라고 합니다."

하문성과 양소걸이 동시에 취설객을 바라봤다.

당황할 줄 알았던 취설객은 오히려 눈물을 보이며 고개를 저었다.

"어찌, 어찌 종구가 죽은 것이냐… 어째서?"

굵은 눈물을 흘리며 묻는 취설객에 양소걸이 차갑게 답했다.

"어찌 죽었는지는 분타주님이 제일 잘 알고 계시지 않으십니까?"

"나는 모른다. 누가 무림맹의 출입부를 조작했는지! 누가 종구를 죽였는지 지금 당장 알아내야겠구나!"

"양형!"

혐의를 부정하며 취설객이 분노할 때, 양소걸을 부르는 낯익은 목소리에 고개를 돌렸다.

운현이 왼쪽 어깨에 붕대를 감은 채 나타났다.

"취설객의 뒤에 있는 개방도가 시신을 태우려 했습니다. 그를 막으려던 저를 검으로 베기도 했고요."

"뭐라?!"

운현의 증언에 하문성이 날카로운 눈빛으로 취설객을 바라보았다.

취설객이 신형을 돌려 개방도를 바라봤다.

"저게 정말이더냐?! 네가 시신을 태우려 한 것이? 그럼 설마 네가 종구를 죽인 게냐?!"

"그, 그게… 아니, 잠시만…….''

취설객의 손이 개방도의 목을 죄었다.

양소걸이 이를 막으려 했지만, 취설객의 손이 더욱 빨랐다.

개방도의 목을 쥔 취설객이 그를 벽에 몰아붙이며 외쳤다.

"네놈 짓이더냐!"

떨리는 목소리로 취설객을 바라보던 개방도가 돌연 몸을 부들댔다.

급히 몸을 날린 양소걸이 취설객과 개방도를 떼어놓고 몸을 부들대는 개방도를 살폈다.

하지만 이내 몸을 부들대던 개방도가 숨을 거두었다.

"극…독."

어금니에 감추어 두었던 극독환을 깨문 개방도가 독에 중독되어 시퍼렇게 변한 얼굴로 거품을 물었다.

뇌부터 침투된 극독을 해독시킬 방법이 없었다.

게다가 워낙 강한 독기 탓에 얼굴이 녹아내리기 시작했다.

"제기랄! 어째서? 어째서! 그를 몰아붙이신겁니까?!"

분노한 양소걸이 자리에 일어서서 노려보자 취설객이 고개를 저었다.

"미안하구나. 흥분한 탓에 나도 모르게."

정말로 미안하다는 듯 고개를 숙이는 취설객의 모습에 양소걸이 주먹을 강하게 말아 쥐었다.

곧, 손톱이 손바닥을 파고들어가 핏물이 손을 타고 흘렀다.

'흥분하면 안 된다. 지금 취설객은 자신의 혐의를 모두 부정하고, 유일한 증인이자 범인을 죽였다. 아니, 자살하게 했다. 종구가 살해되었다는 혐의는 모두 드러났지만, 유력한 범인이 죽음으로서 취설객을 압박할 거리가 사라졌다…….'

"후우… 미안하네. 나이를 먹으니 감정을 주체하기가 힘들구나. 지금부터 종구의 죽음에 대한 흥수와 이유를 알아내도록 하겠다. 내 모든 권한을 동원해서 종구의 죽음을 밝혀내마."

"아뇨. 분타주님은 나설 수 없습니다."

취설객의 말에 양소걸이 선을 그었다.

"그게 무슨 말이냐?"

"분타주님은 현재 유력한 흥수 중 한명입니다. 그런 분이 조사를 시작하겠다고요? 하! 고양이에게 생선을 맡기는 꼴이죠. 출입부를 조작하고, 전서구를 조작하고, 종구를 죽인 것처럼 또 드러날 증거를 조작할지 누가 안답니까?"

"지금, 날 의심하는 게냐?!"

분노한 취설객이 양소걸의 멱살을 쥐었다.

이를 묵묵히 지켜보던 하문성이 앞으로 나섰다.

"나도 이자와 같은 생각입니다. 분타주님."

"자네도 나를 흉수라 의심하는 겐가?!"

"솔직히 말씀드리면 그렇습니다."

하문성마저 그리 말하자 취설객이 양소걸의 멱살을 놓으며 집무실의 의자에 거칠게 몸을 앉혔다.

그리고는 팔짱을 낀 채 그들을 둘러보며 말했다.

"그래. 네놈들 뜻대로 해 주마. 이곳에서 가만히 앉아 있을 테니, 어디! 마음껏 찾아보거라. 내가 종구를 죽인 흉수라는 증거를!"

당당하게 외치는 취설객의 모습에 목을 쓰다듬던 양소걸이 이를 갈았다. 당연히 증거가 남아 있을 리가 없었다.

종구의 시신이 유일한 증거였지만, 이를 태우려던 개방도가 극독환으로 자살을 해버렸다.

"아쉽지만 분타주님… 아니, 취설객 네가 앉아 있어야 할 곳은 그곳이 아니야."

무심한 목소리.

무림맹 개방 분타를 울리는 조용하고 낮은 울림이 있는 목소리에 모두의 시선이 돌아갔다.

그곳에는 붉은 용천단복을 입은 긴 머리의 사내가 천천히 집무실로 들어서고 있었다.

"무연?"

무연을 알아본 운현이 의아하여 물었다.

무연이 고개를 살짝 끄덕이며 취설객의 앞에 섰다.

"네놈은 용천부단주냐?"

"그래. 내가 용천부단주다."

"지금 내가 누군지 알고 그따위로 행동하는 것이냐?"

"잘 알지. 무림맹 개방 분타의 분타주이자 개방의 오결 제자가 아닌가?"

"헌데 내게 이런 식으로 대하는 겐가? 언제부터 용천단이 개방보다 윗서열이 된 거지?"

그의 성난 외침에 무연이 피식― 웃었다.

"그건 네가 알 것 없고. 자리에서 일어나도록. 네가 가야 할 곳이 있으니."

"그게 무슨 헛소리냐. 분타주인 내가 이곳 말고 갈 곳이 어디 있단 말이냐?"

"최근에 혈교의 뒷세라 불리던 중앙표국의 표국주인 구주양이 암살 시도를 당한 적이 있었지. 암수가 죽었다고 알려져 있었지만, 알고 보니 독에 중독되어 있었을 뿐 죽지 않았다고 한다. 헌데 암수가 자신을 보내온 자에 대해 말해주겠다고 입을 열었지."

무연의 말에 취설객이 얼굴을 굳혔다.

"설마……."

"그래. 네가 지목되었다. 취설객. 너를 청부살인 혐의로

구금한다.”

“하! 합당한 증거도 없이 나를 구금한단 말이냐? 고작 암수의 한마디에 그 대단하다던 용천단이 농락당하고 있구나!”

“미안하지만 암수가 개방패의 인장이 찍힌 청부서를 보여주었다. 개방패의 의미는 네놈도 잘 알고 있겠지?”

개방패라는 말에 취설객이 고개를 저었다.

“그, 그럴 리 없다. 개방패라니! 내, 내 눈으로 직접 봐야겠다. 그럴 리 없어!”

강한 부정과 함께 취설객이 자리를 박차고 일어서자 하문성이 그의 앞을 막아섰다.

“자네. 구금의 의미를 모르는가보군?”

“나를 포박하겠다는 겐가?”

“잘 알고 있었군.”

푹—푹—!

순식간에 하문성에 의해 혈도가 제압된 취설객이 자리에 주저앉았다.

취설객도 뛰어난 실력자였는데, 그런 그를 하문성이 별다른 힘도 들이지 않고 제압해버렸다.

무연이 새삼스레 하문성을 바라봤다.

‘상당한 수준이군.’

“자, 가세.”

취설객을 제압한 하문성이 평소 지니고 다니던 포승줄로 그를 묶고 무연을 향해 말했다.

그러자 무연이 고개를 끄덕이곤 신형을 돌렸다.

"어찌된 건가? 암수가 살아 있었다고?"

암수의 돌발 발언에 의해 난데없이 한자리에 모인 장로들이 혼란스러운 표정으로 이야기를 주고받기 시작했다.

그들 중에서도 남궁세정은 팔짱을 낀 채 눈을 감고 있었다.

"모두 모였습니까?"

뒤이어 들어온 혜정이 장로들을 보며 물었다.

장로들이 예를 갖추며 고개를 숙였다.

"모두 모였습니다."

"그럼 시작하도록 하죠."

혜정의 말이 끝나자 무림맹의 조사관인 망덕이 암수를 데리고 들어왔다.

암수를 자리에 앉힌 망덕이 떨리는 눈빛으로 장로들을 돌아봤다. 흉흉한 장로들의 눈빛이 망덕을 꿰뚫어보려는 듯 쏘아져왔다.

그들의 뜨거운 시선에 망덕이 마른침을 삼켰다.

'하… 내가 미친놈이지…….'

〈다음 권에 계속〉

어울림 BOOKS
신인 작가 대모집!

어울림 출판사는 무한한 상상력과 뜨거운 열정을 가진 작가 여러분을 기다리고
있습니다.

창작에 대한 열의가 위대한 작품으로 꽃피울 수 있도록 저희 어울림 출판사가
여러분의 힘이 돼 드리겠습니다.

지금 도전하십시오!

모집 분야 : 판타지, 역사, 무협, 로맨스 등

모집 대상 : 아마추어, 인터넷 작가등 열정을 가진 모든 작가

모집 기한 : 수시 모집

작품 접수 방법 : 당사 네이버 카페 또는 이메일을 이용해 주십시오.

파일 형식은 제한이 없으나 원활한 원고 검토를 위해 '.HWP' 형식
으로 보내주시고, 파일에 연락처도 함께 기재해주시면 됩니다.

채택된 작품은 정식 계약을 통해 출판물로 간행됩니다.
간행된 출판물은 당사의 유통망을 이용하여 전국 서점으로 배포됩니다.
※ 문의 사항은 **네이버 카페**(http://cafe.naver.com/oulim0120)를 이용하시기 바랍니다.

경기도 고양시 일산동구 장항동 731 동하넥서스빌딩 307호
어울림 출판사 신인 작가 담당자 앞
전화 031) 919-0122 / **E-mail** 5ullim@daum.net